鲁非 著

当妈妈
患上阿尔茨海默病

十年陪护手记

河南文艺出版社

· 郑州 ·

图书在版编目（CIP）数据

当妈妈患上阿尔茨海默病：十年陪护手记／鲁非著.
郑州：河南文艺出版社，2024.9（2025.4 重印）. —— ISBN 978-7-5559-1715-1

Ⅰ．I25

中国国家版本馆 CIP 数据核字第 202402LT15 号

策　　划　　杨　莉　李姜慧
责任编辑　　俞　芸
责任校对　　樊亚星
装帧设计　　张　萌

出版发行　　河南文艺出版社
社　　址　　郑州市郑东新区祥盛街 27 号 C 座 5 楼
承印单位　　河南瑞之光印刷股份有限公司
经销单位　　新华书店
开　　本　　889 毫米 × 1194 毫米　1/32
印　　张　　9.25
字　　数　　206 000
版　　次　　2024 年 9 月第 1 版
印　　次　　2025 年 4 月第 3 次印刷
定　　价　　59.00 元

目录

第四章　性情大变

2013

第五章　确诊

2014

2015

第六章　精神分裂

2016—2017

第七章　终于安静下来

第一章

2010

异常信号

二哥的两个电话

最先觉察到母亲不对劲儿的，是二哥。

那是 2010 年 9 月，二哥给我打了一个电话。当时我正在远离家乡的武汉活得如鱼得水。电话里，二哥说："前两天我回老家看望爸妈，发现妈存在四个问题，一是心慌气短，二是郁郁寡欢，三是炒菜要么忘记放盐要么重复放盐，四是不停地找钥匙——其实钥匙就放在老地方。"

第一个问题，母亲心慌气短实际已经存在两三年了，去年县医院的诊断结论是"轻度心肌缺血"，药从来没断过；第二个郁郁寡欢的问题，我把它归结为孤独所致；至于后两个问题，怎么说呢，母亲这个人，性格爽朗，爱说爱笑，但又有点粗心大意，丢三落四，在我的印象里，"放盐"和"找钥匙"的毛病，她年轻时候就有。所以对于二哥的言辞，我颇不以为意。

于是我对二哥说："妈心慌气短是老毛病了，药一直都在吃；郁郁寡欢可能是缺乏我们的陪伴，加之她跟爸又没有太多共同语言，太孤独了；至于'放盐''找钥匙'，她年轻时就这样，现在上了点年纪，可能表现更明显一些吧。"

二哥"嗯"了一声，像是认同了我的观点。他说："我准备把爸妈接到我这里住一段。"

我说："好。等我这边安顿妥当了，也让他们过来住一段。"

二哥说："再说吧！"

大约过了两周，二哥又来了电话。这次他的语气有些沉重："妈来我这儿以后，没让她做过饭。今天我为了锻炼一下妈，就让她去小区门口买点菜。结果妈跑到人家饭店里去了，人家问妈吃点啥，妈说不吃；人家又问妈有啥事，妈又说不上来。"

我这才意识到问题的严重性："妈今年才五十六岁，怎么健忘得这么厉害？"

现在听听当初自己说的这句话，其实是相当无知的，我仅仅把母亲的病定义为"健忘"。

然而，当时的情况就是这样。不仅是我，还有二哥，我们从来就没有把母亲的病往阿尔茨海默病（老年痴呆）的方向去想过。

关于"老年痴呆"，我们是只知其名不知其义。我对老年痴呆的理解是：七十岁以上老人才会得的一种既痴又呆的病。所以，假如当时有人告诉我，母亲有可能患上了老年痴呆，我一定不信。我一定会反驳说："母亲只是健忘，怎么可能跟痴呆挂上关系？况且，母亲才五十六岁，根本不是老人！"

那次我跟二哥通话结束后，我们围绕着母亲，重新规划了生活，并很快带母亲去了医院。但遗憾的是，母亲就诊走了很多弯路，直到2014年，才正式被确诊为阿尔茨海默病。

这个"弯路"，是由多种因素造成的，不妨放在后面详谈。

二哥我们两个聊完母亲的情况后，二哥直言不讳地说："我希望你能回郑州发展，我们一起，这样照顾爸妈会更方便一些。"

特别说明一下：二哥家在郑州。

"回郑州发展"，结合我的实际情况，这实在是一件说起来简单做起来艰难的事情。所以我没有马上向二哥表态，而是说："你容我考虑一下，过几天咱们再联系。"

挂完电话，我彻夜未眠。

我的家庭和我的"浪子生涯"

我出生于河南一个山区农村家庭，家里兄弟三个：大哥、二哥和我。当初父母省吃俭用，克服重重困难，将我们兄弟三人都送入了大学。这在全乡乃至全县，不说史无前例，起码也算是个传奇了。人们都觉得我父母很伟大，当然我们兄弟三个更这样觉得。

父亲生于 1940 年，性格沉稳，行事持重，算得上是农民中的知识分子；母亲生于 1954 年，性格开朗，了无心机，只有小学二年级文化。两人无论年龄、性格，还是学识，都存在着巨大差距。若以现在眼光分析，两人怕是难以结合的，但在那个年代，因为一些特殊机缘，他们还是走到了一起。

关于我们三兄弟：大哥老实，不通世故，毕业后一直在家乡所在地级市平顶山上班，靠工资养家糊口；二哥聪敏，重义气善交际，毕业后很快就在省会郑州闯下了一片天地；而我，比大哥圆滑了点，比二哥内敛了点，可谓二人性格的折中，毕业后除了痴迷写作，其他一事无成，可以说是最不让父母省心的一个。

也许有人会说：写作挺好的，怎么会最不让父母省心？

这是一个观念问题。

曾经在我父亲眼里，儿子大学毕业后能捧个铁饭碗，是他莫大的荣耀。可是很不幸，我们成长的年代，恰逢社会剧烈变革——市场经济正以摧枯拉朽之势颠覆着计划经济——在此浪潮下，高校毕业生的就业体系也由统包统分向自主择业转变。

生于 1976 年的大哥，大学毕业那年恰巧是自主择业第一年。没能赶上"铁饭碗"末班车的他，因性格老实本分、不通世故，从而在自主择业这条道路上发展得并不顺利。这一度让父亲黯然神伤——那种感觉，就像是投资没有获得预期回报一样。于是他开始不止一次地念叨统包统分的种种好处，数落自主择业的种种不好。

不过没多久，父亲的这一态度就因二哥而改变了。

二哥比大哥小两岁，他似乎很适应自主择业——尽管毕业伊始也吃了不少苦，但他很快就变得游刃有余——甚至后来实现了由择业到创业。于是父亲又开始说起自主择业的好来，并希望我将来也能够复制二哥的成功。

其实我很理解父亲的心思：就是想让我们出人头地。他先是希望我们能够吃上"商品粮"，捧上"铁饭碗"；后来这个梦碎了，他又希望我们能够找份好工作，买套好房子，娶个好老婆；至于"衣锦还乡，荣耀乡邻"，虽然父亲没表达，但我想他一定是有这种渴望的。

而作家，在那个崇尚功利的年代——尤其农村人眼里——只是一个穷酸的代名词。假如我大学毕业后，说自己不想工作，想当一名作家，父母一定接受不了。不仅如此，乡邻也会暗地嘲笑挖苦我们家，其潜台词一定是这样的："看谁谁家的儿子谁谁，爹娘砸锅卖铁供他上大学，他却不务正业，当什么鬼作家；别人大学毕业都是往家里拿钱，他倒好，是继续向家里要钱，真是不孝！"

基于以上世俗压力，我不敢轻易把作家梦流露出来，而是遵从父命，在2003年完成大学学业后，来到郑州打起了工。

那时的我，头顶着世俗的压力，穿着人造革鞋和廉价的西装，手提假皮公文包，在郑州这座拥挤不堪的城市里，每天像打了鸡血一样，穿梭于车水马龙、高楼大厦，努力奋斗着。两年里，我换了很多份工作，每次不是老板炒了我，就是我炒了老板。我努力让自己精神抖擞，可每天心里都感觉自己像被生活强奸一样。那种痛苦，无法诉说；即便能够诉说，也找不到可以诉说的人。

终于有一天，我觉得自己必须做出改变。如果不做出改变，我要么会疯掉，要么会死掉。而改变的第一步，就是逃离郑州。于是，2005年夏天，我在出租屋里给二哥留下一封信，抠出手机卡，背起行囊，选择了流浪，然后在流浪中开始了人生第一部小说《今夜你是我的模特》的创作。

且说这次流浪，我选择了跟家人不辞而别，抠掉手机卡玩失踪——若非如此，家人是断然不会同意的。但是，我虽是叛逆之子，却非不孝之子。所以我在决定玩失踪时，还是暗中留了一扇后门。这扇后门便是我在郑州的合租室友——亦是我的大学同宿舍同学。流浪前，我告诉他："如果我家里有突发情况，请给我发电子邮件。"

　　我一边流浪，一边写作。当我在流浪中将小说写了差不多一半时，我收到了室友的邮件："鲁非，你二哥让我告诉你，自从你失踪以后，你妈妈整天地哭，爸爸也心情沉重，以致腰疾复发，几难行走。现在双亲已被你二哥接到郑州。盼你早日归来。"看完邮件，我创作的决心宛如鸡蛋击在了孝道的坚石上，瞬间变得破碎。我匆匆收拾行囊，结束了为期半年的流浪，返回了郑州。

　　父母见到我，心情霍然好转。父亲经二哥安排，接受了一个疗程的盲人按摩，腰疾亦有好转。于是，差不多快到春节的时候，我带父母返回了乡下老家。过完年，我向父母保证自己不会再乱跑，会一直老老实实地待在郑州，踏实工作，争取早日成家立业。

　　我的确是这样做的，可我内心比以往任何时候更加痛苦。任何工作我都干不了几天，我甚至一度认为自己就是个废物。室友把一切看在眼里，有一天对我说："把你写的东西发到网上试试吧，没准会有意想不到的收获。"我摇了摇头。室友却不放弃，那时候我们住的地方没有网线，他要走我的 U 盘，在上班时间利用他的工作电脑，帮我把作品传到了网上。

　　没想到，作品火了，我内心熄灭的火焰又一次复燃。那段时间，我正在郑州一家米皮店里打工——没错，我一个大学毕业生在一家小饭店里当洗碗工，可我认为这是我除却写作之外最快乐的工作了。我每天上午 8 点去店里，晚上 10 点才能下班。下班后，我会直奔出租屋附近的网吧，敲下两千个文字，再回去睡觉。

　　我仿佛找回了自信，不再觉得自己是个废物。我甚至在二哥的引荐下，去某杂志社干了一个月的实习记者，写下的两篇评论文章都上了封面推荐。可惜，杂志社也不好进，并不会因为你写文章比其他人出众就会留下你。于是，我便知趣地选择了离开。

流浪的欲望再次在我内心膨胀。2006 年夏天，我又选择了不辞而别。

第一次流浪，我是在沿海城市兜兜转转。第二次流浪，我则选择了直奔丽江。我在丽江古城里租了个单间，每天除了睡觉就是坐在古城石凳上看着渠水里的金鱼发呆。这次流浪路线后来被我写进了第二部小说《将军令》里，成了男主携带女主逃亡的路线。

我在丽江待了将近两个月。后来因为一个女孩，我决定前往武汉。

在武汉，我找到了心灵的归宿

我是一个生性敏感的人，也是一个忧伤的人，这让我的思想从小就和别人大不相同。大抵这就是我想成为作家的原因。

遗憾的是我的亲友并不认同我的梦想。既然不认同，我想，我唯有挣破桎梏去流浪。

流浪，不仅仅需要勇气，还需要金钱。在我第二次流浪时，口袋里并不富裕。好在那时候，全国各地已有不少读者和我建立了较为亲密的关系。他们在我落魄时刻，少则一百元，多则上千元地给我汇钱，鼓励并支持我将文学创作道路进行到底。我在笔记本上记下了他们的名字及汇款金额，之后的若干年里，我逐渐一点点地清还了他们的钱。

在这些读者中，有一个武汉女孩，从读我的小说的第一天起，每天都会给我发一条短信或一封电子邮件，问一声好。慢慢地，我们聊得越来越多，也越来越深。我诧异地发现，这么多年来，还从来没有一个人可以跟我聊得这么深。这个女孩似乎特别懂我，我也能明显感觉到她喜欢我。突然间，我竟有了想跟她结婚的念头。

原本，我是一个爱情悲观主义者。造成这种悲观的原因有二：

一是家庭。我父母因性格不合而吵闹了大半辈子，他们婚姻的不和谐，直接给我的童年生活蒙上了一层阴影。前面我刚说过——我是一个生性敏感的人，也是一个忧伤的人——其实这句话说得不太精确。精确地说应该是：我是一个生性敏感的人，因父母不和，进而变得忧伤。

二是恋爱失败。家庭让我对婚姻产生了恐惧，所以当我到了情窦初开的年龄时，我告诫自己，一定要找志趣相合的女孩恋爱结婚。但是很遗憾，我并没有找到"对"的人。之前的两次恋爱，都是过程荒唐，结局惨淡。

对于武汉女孩，我心里很矛盾。一方面是，自己对爱情有心理阴影，怕再次受伤；另一方面是，万一她就是那个上天派来拯救我的人，错过了怎么办？

就这样纠结了大约一周。那天，武汉女孩做了一件事情，让我真正下定了决心。

她问我钱够花吗？我坦诚回答不太够。她立刻给我汇了五百元，并给我发了一条短信，字里行间透露着不好意思："我刚大学毕业，实习工资只有八百元，不然可以多给你汇点。"

我把自己关在房间里，盯着她这条短信，不吃不喝地看了一天，然后自言自语："她把一个月一大半工资都用来支援我了，我这信球，还犹豫什么呢？"

第二天，我果断离开丽江，去了武汉。

至今我都能够清楚记得，我到达武汉那天是 2006 年 9 月 23 日，她请假来武昌火车站接的我。当时我带了两个大拉杆箱，一箱装的是行李，一箱装的是书。她替我拉着一个箱子，陪我沿着雄楚大道自西向东走了好几公里，帮我租房。

在武汉待了没多久，她提出要带我去见她的父母。我有点踌躇，说："我只是一个浪子，一没事业，二没物质基础，现在就去见你爸妈，是不是太早了？"

她说："你想多了。我爸妈和我一样，都是文学青年。我把你的小说给他们看过了，他们觉得你很有才华。"

武汉女孩的父母很看重这次见面。他们把见面时间定在了中午，把见面地点安排在了一家大饭店里。半年多后，当我和武汉女孩乘坐一辆破公交车一路颠簸着去汉阳区民政局领结婚证时，她母亲才对我说："鲁非，那天你走进饭店包间，我看你第一眼，就觉得你是我们家的人。"

似乎真应了那句话，"不是一家人，不进一家门"。听说当年岳父和岳母领完结婚证后，谁也没说，悄悄买了两张船票，沿长江而下，去南京和黄浦江游玩了一趟。我和爱人则是在领完证后第二天，买了两张游轮的票，沿长江而上，经三峡至重庆游玩了一趟。岳父和岳母是隐婚，我和爱人也是隐婚。

登游轮前，我拨通了老家的座机电话，告诉父母我已经结婚了。父亲吃惊得半晌说不出来话。那时候母亲还没表现出阿尔茨海默病的端倪，我只听见话筒里她的声音："老天啊！这一分钱没花，就把婚结了？"

的确如此。我结婚不仅没花一分钱，岳父岳母还"倒贴"给我们小两口好几万块钱，供我们旅游及生活开支，这让我很惭愧。我暗暗告诫自己：一定要奋斗出成绩，不然这就是在吃软饭啊。

话说那时候我的第一部小说《今夜你是我的模特》，虽然在网络上很火，但都是免费阅读，而且也没有出版社联系我出版，也就是说，我只是赚了个名气，并没有获得任何经济收益。

于是我对岳父母及爱人说："写作不能赚钱养家，我还是出去上班吧。"

岳父说："不要被世俗观念左右。人这一生很短，能做自己喜欢的事情无疑是最好的。既然你喜欢写作，我们愿意做你的坚强后盾。"

我很感动，当然也倍感压力。幸运的是，没过多久，我的第一部小说竟然出版了——稿费虽然不多，但在某种意义上极大地缓解了我的心理压力。我把书拿回老家给父亲看，父亲从此再也没说过一句不让我写作的话。

我就这样在武汉生活了下来。由于心灵有了归宿，我变得心无旁骛，开始高效率创作。

2009 年年底，我出版了第二部小说《将军令》。这部书刚上市，就有制片人找我洽谈影视改编事宜。尽管后来由于种种原因，影视改编没有成功，但在当时，这无疑给了我更大的创作激情和信心。

同样是在 2009 年年底，我在武汉音乐学院附近盘下了一家酒吧，然后打掉其中的一个包间，将它改造成了具有浓厚文艺气息的书吧+酒吧。

书吧+酒吧还没赚钱呢，二哥的电话就打了过来。他的电话让我的思绪一下子变得凌乱起来。

电话引发的思考

小说《百年孤独》的开头，这样写道："多年以后，面对行刑队，奥雷里亚诺·布恩迪亚上校将会回想起父亲带他去见识冰块的那个遥远的下午。"这个开头，曾被誉为"空前绝后"。

在此，我有意模仿一下："几年后，每当我因为母亲的阿尔茨海默病而不堪重负、濒临崩溃的时候，我总是会想起 2010 年秋天二哥打来的那两个电话。"

那年 9 月，二哥的两次来电——尤其第二次——令我陷入了深深的思考。二哥的原话是："我希望你能回郑州发展，我们一起，这样照顾爸妈会更方便一些。"

"我们一起"是个不太明朗的话。究竟怎么一起，二哥没明说。不是他故意不明说，而是我俩都觉得没必要明说。因为作为兄弟，我俩早已心照不宣：如果我回郑州，必然是父母跟着我住，换言之，他（暂时）出钱，我（长期）出力。

虽说是心照不宣，但我还是特意加了"暂时"和"长期"两个词。之所以用括号，是表示这属于我个人的主观想法，不代表二哥的想法。至于二哥的想法，据我对他性格的了解，一定是他长期出钱，我尽我所愿地出力。不得不说，二哥很有个性。但我比他更有个性。只不过，二哥的个性是张扬的，我的个性是隐忍的。当时我就心如明镜地意识到二哥这种一厢情愿，抑或说乌托邦式的想法行不通。因为我认为：一个人只有经济不依附于旁者，才能自己的生活自己做主。简言之，只有经济独立，才能精神自由。

对于上述我谈到的出钱、出力，在读者看来，可能会感到奇怪，并会产生诸多疑问：你和二哥为什么不能是 AA 式的钱、力共担？你大哥哪里去了？难道你父亲不能肩负起照顾你母亲的任务吗？或者说乡下空气那么好，为什么非要把父母接到城市而不能在老家找个保姆来照顾他们？

我先来回答为什么不能是 AA 式的钱、力共担？

其一，我是一个浪子，重新回到郑州，一切都要从零开始，不可能立马有足够的经济实力来尽孝。

其二，父母跟着我生活，这早已是理所当然的事情。

这个理所当然该怎么解释？请允许我妮妮道来。

小时候，家里穷，农活也繁重，我们兄弟三个很早就被父母揪到地里干活。每每到了快中午或者快天黑的时候，按理说母亲应该提前回家做饭，但父亲为了提高劳动效率，总是让我代行做饭之务——毕竟我的劳动能力，在团队里是最弱的。那时候，我才上小学四年级。也就是说，我小学四年级的时候，就已经在农忙时负责整个大家庭的吃饭问题。之所以说"大家庭"，是因为当时家里还有我爷爷。只是很遗憾，我爷爷不会做饭。

做饭非我所愿。换言之，我宁可在地里干活，也不愿回家做饭。然父命难违。坦白说，我是带着深深的痛苦感接下这项任务的。而且这项任务，一旦接受，就别想停下来。

就这样，做饭，我从不会到会，从痛苦到习惯，以至于最后，父母都忘记了事情的起源，都认为我喜欢做饭。尤其长大成人后，每每逢年过节、家族聚会，大家谁都不必操心做饭这档子事儿——因为那不就是我分内的事儿嘛！

常言说"行为决定习惯，习惯决定性格"。当做饭成为一种习惯，势必会影响到我的性格——使我在敏感、忧伤的基础上，变得越来越细心，越来越善于照顾家人。

所以，尽管父母没说，但我可以猜测到：他们一定希望晚年时候能够跟着我住。毕竟，世上再没有比跟着一个喜欢做饭、善于照顾家人的儿子住更令人心里踏实了，难道不是吗？

当然，单用做饭来论证"理所当然"，分量是不够的。对父母而言，吃饱穿暖只能算是物质享受。他们还需要精神享受，就是跟着子女要过得自在。自在与否，则取决于子女小家庭的氛围是否和谐。

公允讲，我们弟兄三个对父母的孝心是一样的，妯娌们对待父母也是一致的孝敬。然而大哥、二哥的小家庭氛围却并不是很和谐，两口子闹别扭的事情时有发生。尽管这种别扭属于夫妻内部矛盾，无关父母。但我觉得父母一定会多想——"是不是我们不住在这里，他们就会过得和睦一些?"

相比较来说，我和爱人的小家庭氛围尚算和谐。故而我想：父母还是跟着我住更为合适吧。

关于第二个疑问：你大哥哪里去了?

前面说过，大哥老实，不通世故，发展并不顺利，毕业后一直在家乡所在地级市平顶山上班，靠工资养家糊口。

俗话说"百善孝为先，论心不论迹"。我认为，大哥只要有一颗孝心，就足矣。如果他能将自己的生活过好，父母必会因此感到欣慰；能让父母欣慰，何尝不是一种孝呢。

在 2012 年的时候，我大哥辞掉了平顶山的工作，也来到了郑州发展，并在我住所附近租了一套房。在经济上他可能能力有限，但实际行动上他其实做得也很好。

关于第三个问题：难道你父亲不能肩负起照顾你母亲的任务吗?

我父亲比我母亲大十四岁。假如父亲身体硬朗，老夫照顾少妻也不是没有可能。遗憾的是我父亲年轻时命运坎坷、劳累过度，以致早早落下腰疾，六十多岁便行走困难。2008 年，父亲在郑州做了一次腰部大手术，效果不甚理想。2010 年时，母亲五十六岁，父亲已经七十一岁，当时的父亲除了不能做家务、不能行远路，生活上尚可以自己照顾自己。

难能可贵的是从 2010 年到 2020 年，当我把人生黄金十年的绝大部分精力都用来照顾患病母亲时，父亲一直维持着自己照顾自己的状态，并未给我的生活雪上加霜，甚至还力所能及地缓解着我的经济压力。不得不说，这是一件无比幸运的事。

关于最后一个问题：为什么非要把父母接到城市而不能在

老家找个保姆来照顾他们?

　　首先,这跟当初我想当作家就被视为不务正业一样,也是一个观念问题——如果孩子走出了农村,不把父母接到城里享福,一定会遭人戳脊梁骨。我们弟兄三个脱不了这种俗。

　　其次,农村固然有农村的好处——譬如空气新鲜、饮食健康;但城市也有城市的优势——譬如生活便捷、医疗发达。2010年,我们还没有意识到母亲患的是阿尔茨海默病。当时我们愚蠢又固执地认为母亲得的只是"健忘症"——是一种经过治疗可以逆转的疾病。所以,把父母接到城市住,最主要的考虑,应该是城市更有利于母亲的就医和康复。

　　但事实上,当后来我们走了一系列弯路——对母亲疾病的认知,从"健忘症"到"抑郁症"再到确定是"阿尔茨海默病"之后,我们又自以为是地觉得农村适合母亲居住。然而真正回到农村,一系列原来没有出现的问题却开始陆续浮出水面。不得已,我们又重返城市。如此频繁折腾了数回。

　　那是一段至暗且绝望的时光,母亲的阿尔茨海默病发展至中期时,开始表现出精神分裂症状——每天骂人、砸东西、打我。此况令我疲于应付、心力交瘁;小家庭难以维持,妻女被迫回了武汉。这一切,都是起初我根本预想不到的。

刻骨铭心的"浪子回头"路

总之不管如何思考，我认为自己都必须回郑州。

我虽为叛逆之子，却非不孝之子；当梦想与孝道产生冲突时，我只能让梦想给孝道让路。

可是回郑州，说起来简单做起来却艰难。书吧+酒吧，忍着赔钱的心痛直接转让掉就行了，这个决心是能下的。主要是，我不再是单身。我要走，爱人会跟我走吗？我没有这种自信。

我来自农村，一无所有地娶了一位城市女孩，现在又要求女孩跟着我回去尽孝——这种想法未免太天真，也太自私。况且，女孩是独生女，她也要尽孝，凭什么跟我回去？

连续几天，我心乱如麻、一筹莫展，不知如何跟爱人开口讲这件事。爱人看出我有心事，主动问我，我才把情况告诉了她。

爱人听完，沉思了一会儿，说："你是怎么想的？"

我说："我想回去，但是……"

"但是什么？"

"但是，我得征求和尊重你的意见。"

"尽孝是应该的。既然要回去，那我们就回去吧。"

我愣住了，没想到爱人这么干脆。

"不过，"爱人说，"这毕竟是一件大事，还是要跟我爸妈商量一下。"

"那是当然。"我连忙说。

那天我在外面，爱人回家向父母挑明了该事。不想这事对岳父母震动很大，尤其是岳父，情绪很激动，当即表示不同意。经爱人给我电话转述，岳父大致意思如下：

首先，在这边有吃有喝有房住，回去一切都得从零开始，我看不得你们受苦；其次，在哪里都能尽孝，鲁非可以把父母接到武汉来照顾，我们愿意予以经济帮助。

从岳父的反应里，我猜测出：岳父其实是舍不得女儿从他身边离开。后来岳母告诉我：岳父确实是这样想的。但在当时，岳父并没有直接说出这个理由。

我对岳父的激动情绪表示理解。人要学会换位思考，假如我处在岳父的位置，我相信自己会有一样的反应。

岳父站在自己立场，所言合情合理，尤其他提议让我把父母接到武汉来照顾，此等大义，令我万分感动。只是，感动归感动，这种大义，于我而言，却是有些吃不消也行不通。

吃不消在于：我无法做到过度透支岳父母一家的善良。

行不通在于：古语"橘生淮南则为橘，生于淮北则为枳"，一样道理，我父母生于北方农村，到北方城市郑州生活，已经有些水土不服，若进一步来南方城市武汉居住，肯定会更加无法适应。另外，这时候的我，还没有意识到阿尔茨海默病的可怕，后面十年的残酷人生经历，会让我明白根本就无法接父母来武汉。

可能有人会想：你岳父未必真有此大义，或许这只是他舍不得女儿离开的借口。

若真有人这样想，那可真是以小人之心度君子之腹！岳父为人处世，向来都是口心一致；他虽然是舍不得女儿离开，但他的这种"大义"，也同样是发自内心。我可以用两个例子来说明。

第一个例子。前面说过，我家里还有个爷爷。爷爷于2009年5月去世，享年九十二岁。他生命的最后两年多时间，是在床上插着尿管度过的。

记得爷爷刚卧床的时候，我才从丽江到武汉没多久。那两年多，为了减轻父母照顾爷爷的压力，我频频往返于武汉和老家之间，每次在老家一待就是一个多月，其间我甚至学会了帮爷爷换尿管。

我的行为感动了岳父。在我和爱人领结婚证之前，他对爱人说："鲁非既有梦想，又有孝心，此人可嫁。"

第二个例子。在我和爱人回郑州的第二年，岳母退了休；第五年，岳父也退了休。岳父退休后，不止一次委婉地表达过，如有需要，他愿意和岳母一起来郑州，在我所在的小区租房住，替我们带娃做饭，减轻我们的压力。当然，我怎么可能会答应他呢！

由于岳父不赞成我和爱人回郑州，我一时不知道该怎么与他沟通，索性就一直躲在外面回避他。大概过了三天，岳父忽然又同意我和爱人回郑州了。至于他为何改变主意，原因至今不得而知。我只记得他说了一句话："鲁非，我又认真想了想，既然你们已经决定要回去，那就回去吧。"

另外，岳父改变主意后，私下还给我二哥打了个电话，委婉表达了希望二哥能对我和爱人回郑州后的生活予以关照。二哥信誓旦旦地表示包在他身上了。

第二章

2011

症状加剧

一些被蒙蔽的问题和细节

凡是过往，皆为序章。

2010年10月，我和爱人回到了郑州。二哥如向岳父保证的——包在他身上了——那样，提前谋划好了一切。

在说二哥的谋划之前，我有必要先讲一讲他本人的大致情况。

二哥大学毕业后，来到郑州，先是打了两年工，然后凭借过硬的文字功底，通过竞聘成为报社的一名记者。几年来，二哥的发展称得上四平八稳，稳中有升。二哥还有个雅好：喜欢古玩，尤其名人字画。于是，2008年，他悄悄在古玩城开了一家字画店，以此作为副业。

2010年9月，二哥又将字画店从古玩城搬到了城南路，店面也扩大了两倍。他走这步棋的时候，正是给我打第二个电话建议我回郑州发展的时候。我猜想那时候二哥已经想好了：假如我回郑州，就让我到字画店去做他的帮手。

我并没有猜错。当我把确定要回郑州的消息告诉二哥以后，二哥很快向我挑明了这一点，并提前在字画店附近的小区为我租下了一套两居室房子。

回郑州，我和爱人没有同行。因为郑州这边所租的房子需要花大力气收拾，所以我打头阵，国庆节先回来，从打扫卫生到添置生活用品，直到用半个月时间完成了入住前的准备工作后，才于 21 日迎来了爱人。

26 日，父母被我接入新家。

这是父母第一次跟着我们小两口过日子。起初他们无比拘谨，就像是到了别人家里做客，吃饭睡觉都小心翼翼。不过很快，这种局面就出现了转变。必须说，这一切都要归功于爱人，因为她性格好，始终对父母和颜悦色，令他们放下了心理包袱。

父母在我这里，正式开启了养老模式：每天除了吃饭、下楼晒太阳、看电视、睡觉，其他什么都不用干。所有的活，都让我和爱人包揽完了。

我的日常：早上做早餐，上午去字画店，中午回家做午餐，下午去字画店，晚上回家做晚餐。

爱人的日常：白天上班，晚上拖地、洗衣服。

以上算是新生活的概况。说完概况，该说母亲个人了。

母亲入住新家后，她的郁郁寡欢因不再孤独而暂时消失了；至于心慌气短与健忘问题，则可以分别用两个成语来概括：时隐时现和若隐若现。

先说时隐时现的心慌气短。

这种情况每隔十天半月会爆发一次，具体表现为：想长吸气、长呼气，好像缺氧一样。每每此时，父亲总会动作娴熟地冲上一包"稳心颗粒"给母亲喝。这药似乎挺神奇，母亲往往喝完不久就会恢复正常。

看似神奇的背后，是我深深的疑惑：稳心颗粒是一种每天都要服用的慢效药物（一月为一个治疗周期），母亲为何总是在症状显现时才服用？难不成这种慢效药物还兼有速效功能？

我向父亲表达了自己的疑惑。父亲这样回答："去年县医院诊断你妈的心慌气短是由轻度心肌缺血引起的，推荐让喝稳心颗粒。这药以前是每天都在喝，但因为比较贵，在老家也不太好买，所以喝着喝着，就变成现在这种形式了。"

话题就此停住，但疑惑在我心中挥之不去。后来，随着一次又一次地带母亲去各大医院就诊，我才像剥洋葱一样慢慢解开这个疑惑：原来母亲的心慌气短不是由轻度心肌缺血引发的，它居然是阿尔茨海默病所表现出的一种抑郁症状！当然，郁郁寡欢也是如此。从那一刻起，我开始真正意识到：阿尔茨海默病，并不是大多数人想象中的简单的痴呆病，其每个发展阶段，所表现出的症状都是不一样的。

问题来了。好奇者会问：既然心慌气短不是由轻度心肌缺血引发的，那为何你母亲喝完稳心颗粒后会有立竿见影之效果？

我的推测是：自我暗示，或心理作用。

再说若隐若现的健忘。

母亲在新家里，由于基本没有让她干任何家务活，所以也发现不了她有什么诸如忘放盐、找钥匙之类的问题。但还是能够看出，她在做某件事情时会反应慢一点。比如：刷牙时会拿起杯子想一会儿才去挤牙膏，拧水龙头时往往记不清哪边是热水，哪边是凉水，等等。

除了固有的心慌气短和健忘，我还发现一个新细节：母亲从来不跟父亲一起看电视。

我问母亲："妈，你为什么不跟我爸一起看电视？"

"电视有啥好看的！"

"前几年你可是很爱看电视的啊！"

"前几年是前几年，现在就觉得没意思。"

当时我想，不看就不看吧，这大概也说明不了什么问题。但此时此刻想来，问题真是大极了——母亲之所以不看电视，很可能是因为已经看不懂剧情了。

那时候，看着母亲的种种表现，我会想：是不是早些年家里经济困难，生活水平差，以致母亲营养不良，身体亏损严重，才导致了今天的症状？如果真是这样，以后跟着我住，吃好点，兴许就能补回来了呢。

人大都有盲目自信的毛病。正当我盲目地认为自己这种想法有可能是正确的时候，母亲却突然出现了新状况。

"我咋想不起来咱家住哪儿了呢？"

这件事发生在新生活开始后的第二个月。

那是再平常不过的一天早上，我准备换鞋出门，母亲在客厅里踱步。她走着走着，突然说："我咋想不起来咱家住哪儿了呢？"

我心里咯噔了一下。根据母亲说话的习惯和语气，我能断定她说的家，不是当时租住的房子，而是村里的老家。

我停止换鞋，启发道："你知道后院我表奶吗？"

"那咋能不知道！"

"对呀！我表奶家就在咱家后面。这下想起来了吧？"

母亲一副恍然大悟的样子："想起来了，想起来了……你看我这该死的记性！"

鉴于母亲已经被我们先入为主地诊断为患有健忘症，加之她瞬间就恢复了记忆，所以我没有把这事太放在心上。当时我心里想的是：再留意一下。

岂料到了晚上，一家人围着桌子吃饭时，母亲又蹦出了这句话。

面对母亲的异常表现，父亲保持着缄默，爱人则有些发蒙。我先照搬早上那种方式来刺激母亲，结果发现不管用。我又换了几种方式，如给她讲村庄的名字、更多的邻居、房子旁边的那片竹林……结果仍不管用。最后，我不得不打开笔记本电脑，把存在里面的照片逐一翻给她看。当母亲看到老家房子时，终于说："我想起来了。"

这天晚上我心情有些压抑。当母亲睡下以后，我禁不住对正在看电视的父亲说："我妈的忘性怎么突然大得这么吓人！"

父亲看似迟钝，实则心里特别有数。他似乎知道我会和他探讨这个问题。所以当我说完，他几乎不假思索，非常自然地低声应道："我感觉你妈这个，有点像是老年痴呆的早期症状。"

我愣了愣，说："应该不是吧？我妈才五十六岁！"

事实上，我是在根本就不了解老年痴呆这种疾病的前提下说出这句话的。而不知为何，父亲没有反驳我，他仿佛在忖量，眼睛却一直紧盯着电视，所以很难说清他究竟是在忖量母亲的事还是在看电视。

在此，顺便谈谈我的父亲。

父亲在新中国成立后当过人民公社的社员，后来"文革"

改变了他的命运——他从社员变成一名劳动改造分子。不过，父亲并没有屈服于命运，而是通过自主学习、刻苦钻研医书，"化腐朽为神奇"地成为一名赤脚医生。随着改革开放，他又从赤脚医生升级到乡村医生。（父亲的职业是医生，但身份一直都是农民。）

这就不难解释为什么父亲会说母亲像是老年痴呆的早期症状了——毕竟他是名医生。但我却因为对这种疾病的无知而不相信（也可以说是心理上不愿承认）父亲的预判。至于父亲为何没有反驳我，当时不明白，现在想来，大概是同理心使然吧——他也不希望母亲得的是这种疾病。

我见父亲久不搭话，就又说："明天我跟我二哥商量一下，看是不是带我妈去医院一趟。"

父亲点点头："可以。"

翌日跟二哥见面，说起昨日母亲的异常表现，二哥也不相信（或不愿承认）父亲的预判。还没等我提及是否要带母亲去医院，二哥就先说："这两天你带妈去医院看看吧。"

我问："去哪家医院比较合适？"

"去中医药研究院吧，挂个专家号。"

中医。二哥推荐了中医。当时我心想：为啥不去看看西医呢。但这种想法转瞬即逝，最终我还是听从了二哥的建议。

我有个特点：自己的事情一定自己做主（比如我的生活和梦想），大家庭的事情我从来不做主。

可能有人会说：鲁非，你太圆滑了，大家庭的事情该操心也要操心。

操心是对的，但我做不了主。因为我深受农村封建传统观念的影响，家里事历来兄长说了算。再加上二哥是一个有主见又比较强势的人，他认定的事情很少能被人改变。再说即便听我的建议去看西医，我也不知道该挂哪个科室的号，这反映出了我对阿尔茨海默病的无知。

从 2010 年 12 月到 2014 年 9 月间，我们先后带母亲去了中医药研究院、中医药大学第一附属医院、第一人民医院、第八人民医院、中心医院，最终又回到第一人民医院神经内科——才算正式确诊母亲患的是阿尔茨海默病。总结走这么多弯路的原因：一是习惯致使我们想当然地去寻中医；二是初期阿尔茨海默病，更多的还是靠主观临床判断，医学检查往往难有结果。

两次就医，收获的只是对疾病的探索

我先是 2010 年 12 月底带母亲去了中医药研究院，后是 2011 年 4 月份带母亲去了中医药大学第一附属医院。两次就医，并没有解决实际问题，收获的只是对疾病的探索。

先说中医药研究院的就医经历。

到了医院，我对分诊台的护士说："我妈时不时会心慌气短，而且健忘特别厉害，该挂哪个科室的号？"

护士："心慌气短挂心血管科，健忘挂脑病科。"

我："你的意思是，要挂两个号？"

护士："你先挂心血管科吧，把所有症状给大夫讲清楚，看大夫怎么说。"

于是，我挂了一个心血管科的专家号。

经过漫长等待，在上午 11 点半左右，叫到了我们的号。这是一位老大夫，表情严肃，不苟言笑。他让母亲陈述病情，母亲只能陈述个大概，我赶紧上前做了补充。大夫听完陈述，开始给母亲把脉，量血压，听心跳，开单子。他一边开单子一边说："去做个心电图，下午 2 点半以后拿着结果来找我。"

"下午我母亲还用来吗？"我问。

"不用了，你来就行。"

一切按大夫要求行事。下午 3 点，我把心电图结果呈给了大夫。大夫看了看结果，说："确实有问题，但不是太严重。"

我有点蒙："什么问题？"

"心肌缺血。"

"可心电图上只显示了窦性心律异常，并没显示心肌缺血啊？"

"这个不会直接显示，是根据波段判断的。"

我点点头："那您看，该怎么治疗？"

"我开个方子，你去药房抓十五服，吃完过来复诊，调方再吃十五服，基本就没事了。"

大夫开始开方子。这时，我忽然觉得不对劲儿——健忘，大夫咋不提母亲健忘呢？

"大夫，我妈健忘得厉害是咋回事儿？"我直接问。

"健忘是由心肌缺血引发的大脑供血不足所致。"

"我听不大明白。"

大夫暂停了开方，望着我，单手比画着说："打个比方，心脏就像一个泵，现在泵出问题了，血供不到头上去，供不到头上就会造成大脑供血不足，大脑供血不足就会引发脑萎缩，脑萎缩就会导致健忘。"

我被脑萎缩给吓住了，禁不住问："脑萎缩是不是老年痴呆？"

"两码事！"大夫说，"这是两个不同的概念，一时半会儿给你解释不清楚。"

"噢……就是说，只要把心肌缺血治好了，健忘也就治好了，对吧？"

"是的。"大夫刚说完这俩字，马上又改口："不能说治好，只能说改善。所有人的记忆力都会随着年龄增长而逐渐消减，这属于自然规律。您说是不是？"

我连说两个"是"，觉得大夫对母亲病情的分析挺有道理。甚至，我心里还有一点小兴奋：终于找到母亲的病根了！

不过，当大夫开方开到一半时，我又在寻思：针对健忘，是否应该再带母亲去脑病科看看？

我把这想法道了出来。大夫听了，有些不悦，停下笔说："可以啊。"

我解释道："我不懂，只是征求一下大夫您的意见，看有无必要？"

"有无必要——作为医生，我不敢给你说这话。你得自己定。"

气氛略显尴尬。

过了一会儿，大夫语气有所缓和道："我们常说'心脑血管疾病'，为什么把'心脑'放在一起？说明二者联系非常紧密，对不对?"

大夫虽然没有直说,但潜台词很明显。我也明白,看病最忌讳的就是不信任医生。于是我说:"那就不去了。大夫,您开方吧。"

下午回去,我把情况向父亲和二哥做了汇报,两人都认为大夫讲得有道理。尤其当父亲说"大夫讲得有道理"时,我便更坚信大夫讲得有道理了——毕竟父亲也是一名乡村老中医。

结果母亲吃完十五服药,基本没有什么变化。复诊后,大夫说:"这是慢性病,再吃十五服。"第二个十五服吃完,依旧没变化。恰逢过年,这事儿也就搁那儿了。

后来我曾这样想过:假如当初向分诊台护士讲母亲病情时,颠倒一下顺序,先说健忘再说心慌气短,护士是不是就会建议我挂脑病科?如果挂的是脑病科,又该是怎样的结局呢?

且说年后,我们谁也没有再提是否继续给母亲看病,直到3月,母亲的郁郁寡欢再次浮出水面,同时还新增加了一种症状——头痛。

郁郁寡欢时,母亲会一边唉声叹气一边抹眼泪。问她为什么哭,她也答不出所以然来。

头痛时,母亲会用手捂着头,一副怨恨的口气,要么私下对我说,要么当着父亲的面对我说:"我这头痛,都是你爸年轻时候一巴掌扇我头上,把我给打的。"父亲每每听见,总是满脸乌青,一言不发。母亲的这种论调,我不认为是正确的,但从侧面佐证了她和父亲婚姻生活的不和谐。

我把母亲新出现的情况说给二哥听。二哥认为母亲的郁郁寡欢是在城市里憋的。

我觉得二哥的想法是在不知道母亲病根的情况下的一种主观臆断。我说："妈在老家时郁郁寡欢，我们说是因为孤独；现在在郑州还郁郁寡欢，你又说是憋的。怎么解决这个问题？"

二哥说："要不，等天气再暖和点，四五月份，你带爸妈回老家小住几天？"

"行，那就小住几天吧。"

接下来，聊到母亲头痛时，我俩意见倒是很一致：换家医院，再带母亲看看。

于是，2011 年 3 月底，在回老家小住之前，我带母亲去了中医药大学第一附属医院，这次，我没有咨询分诊台，而是颇有主见地直接预约挂了脑病科的专家号。

以下便是在中医药大学第一附属医院的就医经历。

为母亲诊病的大夫五十多岁，面目和善，说话柔和。他对母亲说："大姐，说说，你咋了？"

母亲似乎挺喜欢这位大夫拉家常式的开场白，笑着回答："我呀，上不来气，忘性大。"

"能不能说详细点？"

"详细点……"母亲突然不知道该怎么说了，扭头望着我。

我说："大夫，要不我来补充一下？"

"可以。"

难得遇见一位有耐心的大夫，我把能说的情况几乎都给说了一遍。

大夫听完，问我："中医药研究院的那个心电图单子带了没？"

"带了。"我把单子从手提袋里翻出来，递给了大夫。

大夫看了看，说："这心电图不足以证明你母亲患有心肌缺血啊。"

"啊?"我有些意外。

大夫把单子向我这边移了移，指点着说："窦性心律不齐很常见，可以忽略不提。你母亲主要问题在这里——T 波异常。生理性因素和病理性因素都会导致 T 波异常。"

"什么是生理性因素? 什么是病理性因素?"

"生理性因素，指的是情绪方面；病理性因素，指的就是疾病。"

不知为何，我对这位大夫的好感度突然倍增。我问："那，大夫，您认为，我妈这个属于生理性因素还是病理性因素?"

大夫沉吟了一下，说："我先把下脉。"

给母亲把完脉，大夫又沉吟了片刻，说："先去做一项检查吧，核磁共振。做完了咱们再详细聊。"

大夫心很细，开单子的过程，抬起头看了看墙上的挂钟，说："你们现在就去做，下午 3 点能取结果。带着结果再来找我。"

"下午我母亲还用来吗?"我问。

"要来!"大夫言简意赅，语气笃定。

不由自主地，我想起了之前在中医药研究院就诊时的那名大夫。一个说母亲下午不用来，一个说母亲下午要来，比较之下，我自然更喜欢后者。

我领着母亲去做核磁共振。只见昏暗而又压抑的长廊里，靠墙摆放的两列连体椅子上差不多坐满了人。排上号后，在漫长的等待中，母亲始终表现得非常安静，很难看出她究竟在想什么。

我注视着母亲，心里莫名涌起一丝伤感：曾经那个爱说爱笑、性格好强、我深深依赖的女人，似乎再也找不回来了。

下午3点，检查结果如期出来了。诊断一栏里写着："脑白质内异常信号，考虑脑白质脱髓鞘；轻度脑萎缩。"

大夫看着报告单，表情有些凝重。过了好久，他才说："你母亲的种种症状，可能就是脱髓鞘表现出来的。"

"大夫，脱髓鞘是什么意思？"我首次听说这个无比陌生的医学术语。

"髓鞘是裹在神经纤维外面的一层膜，脱髓鞘——这个太专业了，你可能比较难懂。"大夫顿了顿，"这么说，髓鞘就像裹在电线外面的一层绝缘体，现在绝缘体老化了，开始脱落，不再绝缘，于是就出现了漏电。漏电，就会造成一系列紊乱，比如头痛、抑郁、乏力、健忘、心慌气短等等。"

"我妈为什么会患上脱髓鞘？"我很吃惊。

"这也正是我感到费解的。一般来说，六十五岁以上老人出现脱髓鞘情况比较多，但你母亲今年才五十六岁。"大夫思索了片刻，"你母亲什么学历？"

"学历不高，小学二年级没上到底。"

"有没有中毒、缺氧的经历？"

"应该没有。"

"头部有没有受过外伤？"

"也没有。"

不想，一直安坐一旁的母亲突然接腔说："咋没有？我这病就是你爸年轻时候给我打的，一巴掌扇过来……"她情绪激动地比画着。

我很尴尬，一边劝慰母亲，一边对大夫解释："我爸妈……性格不太合。"

大夫浅笑了一下。

好容易安抚住母亲，我又问："那轻度脑萎缩呢?"我对"脑萎缩"这个词比较敏感。

大夫的表情又回到了凝重状态，他看着报告单，既像是对我说，又像是在自言自语："轻度脑萎缩跟脱髓鞘一样，都不是你母亲这个年龄应该表现出来的症状啊!"

大夫居然也拿不准了!

我随口追问："轻度脑萎缩会不会是心肌缺血引起的?"

"引发脑萎缩的因素非常多，心肌缺血只是因素之一。如果你有疑虑，可以做冠状动脉造影检查，冠状动脉造影能够准确地判定你母亲是否真的患有心肌缺血。只是这项检查比较贵，得三五千块钱，还要先办理住院才能检查。这个，你自己把握。"

我拿不定主意，便说："我出去打个电话，征求一下家人的意见吧。"

"可以。那我就先给下一位病人看着，你打完了再进来。"

我分别给父亲和二哥打了一个电话，结果他俩都认为不必要做，至于为什么不必要，他俩没说原因。嫌太贵，还是怀疑医生的判断不准确，不得而知。

不过，到了 2013 年 11 月，母亲还是在第一人民医院做了冠状动脉造影检查，结论是：心脏没有任何毛病。

这也算佐证了中医药大学第一附属医院大夫判断的正确性吧。遗憾的是，这名大夫不知道母亲为什么会患"脱髓鞘"和

"轻度脑萎缩"，其所开两个疗程的中药，母亲吃完跟没吃还是一个样。

在这名大夫给母亲诊断时，我脑海中曾闪过一念："要不要问他，母亲的这种健忘是不是阿尔茨海默病？"但终究还是作罢了。至于为什么作罢，我也说不清楚，或许"只是当时已惘然"吧！

三年多后，母亲在第一人民医院正式被确诊为阿尔茨海默病，经主治医师科普，我方知道，原来脱髓鞘与阿尔茨海默病之间存在着必然关系！

一地鸡毛的生活和我搁置的梦想

母亲经过两次就医，病因依然模糊，服药后也不见明显效果，基于此，我们不再打算继续寻医问诊，心想着：如果没有什么突发性症状，还是在家养着吧。

事实上，在 2011 年的 4 至 10 月，母亲也确实没有出现突发性症状，基本保持着 3 月份去中医药大学第一附属医院就医时的那种状态。

回想那段日子，可谓忙忙碌碌、琐琐碎碎，没有诗与远方，只有一地鸡毛。

每天早上 6 点半，我和爱人会同时起床，她去上班，我去厨房给父母做早餐。爱人其实也想在家吃早餐，但那样，就意味着我得再早起半个小时。她为了心疼我，还是选择了自己在外解决。

她是怎样解决早餐的呢？我一直不大留意，直到有一天我看她在 QQ 空间里发了些牢骚："几个月来，习惯了每天早晨在小区西门固定的包子铺买素包子吃。今天，我照例递过去一块钱，说买两个素包子。哪承想老板娘来了一句：'涨价了，现在素包子一块钱一个。'我就不明白了，旁边包子铺的素包子还是卖五毛，你这儿咋就卖一块了呢？哼！以后再也不吃你家的臭包子！"

看完这些牢骚，我心里五味杂陈。晚上爱人下班回来，我直接对她说："从明天早上起，你再也不用买包子吃了。"

爱人以为我要早起半小时，坚决不同意。

我说："不是的。我打算每天晚上临睡前，给你烙张鸡蛋灌饼，次日早上，你只需放在微波炉里加热一下就 OK 了。"

爱人听罢，自然开心得不得了。

话说到这儿，突然发觉有点跑偏了。我本意是要讲一天的流水账的。那就绕回来，接着早上往下说吧。

安顿好父母的早餐后，我会骑着自行车去字画店，家与店的距离也就一公里，每次出门前，我都会叮嘱父母：记得下楼活动。

我们所租住的，是一个始建于 1998 年的小区某栋二楼房屋，楼下有个健身场。基本每天上午，只要天气好，不管父母情不情愿，我都会赶他们下楼去健身场待上一阵子。

偶尔中午，我会从字画店回来稍早一点，那时父母还在楼下。我往往会一边做饭，一边隔着窗户远望他们几眼。望着父亲在长凳上静坐、母亲在不远处活动的场景，我禁不住会想：这俩人，一个腿脚不好使脑子好使，一个脑子不好使腿脚好使；一个静，一个动，静的负责照看动的，避免后者乱走。这样的画面看似可怜，其实也温馨，两人曾经针尖对麦芒地斗争了几十年，现在斗不动了，反而关系变得亲近。唉，就这样搭配着安度晚年吧，谁说这不是人生呢！

吃过午饭，我照例去字画店，而父母一般都会睡上一觉。父亲觉浅，睡到3点左右就起床坐在客厅看电视；母亲睡的时间相对长些，但她起床后不看电视，就在屋里无聊地走动，直到我回来做好晚饭准备开饭时才停止。

晚饭过后，我和爱人会一起陪母亲外出散步。其实，爱人上了一天班，我与字画、锅碗瓢盆打了一天交道，两人都累得够呛，内心着实不想再去散步。

之所以去，主要还是陪伴母亲。

只有小学二年级文化水平的母亲，那时候已对电视节目了无兴趣，加之和父亲没有共同语言，又不会自我娱乐排遣，若不带她出去，她就会一直在屋里晃悠，晃得我心慌，晃得爱人心生怜悯。

后来，这种散步逐渐发展成为：无论我和爱人干什么，都会带着母亲，比如逛商场、吃夜市、游公园等等。

由于爱人性格好，母亲很乐意跟她在一起。母亲总是说，爱人对她比亲闺女都亲。事实上，母亲是没有女儿的。

爱人曾在日记本里写过："牵着婆婆的手逛街，婆婆的手很宽厚，很温暖。"透过这句话，我能窥到爱人的善良。

以上只是日常，生活中还有其他一些琐碎事情：

比如父母都不能独立完成洗澡，爱人每隔三五天要帮母亲洗一次澡，我每隔十天半月要帮父亲洗一次澡。

比如有时候二哥二嫂一有事，就会把小侄子交给我，我除了忙"日常"，还得忙侄子的幼儿园接送。

比如二哥应酬多但酒量差，每个月总有那么一两次——大半夜接到他朋友的电话，让我过去把烂醉如泥的他弄回家。

除了琐碎事情，当然还有烦恼：

比如终日和父母生活在一起，从来没机会过清静的二人世界。

比如和父亲在生活以及消费观念上的冲突。

比如二哥经常因喝酒而引起与二嫂的争执，无论白天还是黑夜，只要他们有矛盾，我就得赶过去调解。

终于有一天，夜深人静，父母都已入睡，我约爱人到楼下，坐在健身场的长凳上，喝了几口闷酒后，我对她说："这不是我想要的生活。"

爱人只是静静地聆听着。她似乎知道，仅听我这一句话就接腔，意义并不大。

而我这一句话，也的确只是一个开场白。

我又灌了一口白酒，说："二哥把我当成了保姆，他似乎忘了，我也是一个有梦想的人。"

爱人开了口："你痛苦的根源，究竟是在于照顾父母，还是在于精神不自由？"

"我们下那么大的决心，离开武汉回到郑州，就是为了照顾父母，怎么会痛苦呢！"

"那就是精神不自由了。"

"没错。"

"那你是否可以跟二哥商量：不去字画店上班了，就待在家里给爸妈做饭、写作，至于赡养父母的费用，AA 制，没钱我们自己想办法。照顾父母可以一起面对，但个人发展互不干涉，这样的话，便精神自由了。"

"这几乎是不可能的事情。"

"为什么?"

"第一，二哥是一个很强势的人，你没有事业，也就意味着没有可以跟他谈判的筹码；第二，爸也不会同意，他一直认为，我永远应该听二哥的。"

"那岂不是意味着，你要无限期地搁置自己的梦想?"

"是的，"我木然仰望着夜空，"但我心中的那盏灯从没熄灭过。"

第三章

2012

不认识家门

让"鸡毛"来得更猛烈一些

"鲁非，你想过什么时候要孩子这个问题吗？"那个秋风习习的夜晚，当聊完"精神不自由"话题，彼此沉默许久，爱人突然发问。

我愣了一下，回答："眼前的生活一地鸡毛，等一切捋顺了再说吧。"

"你什么时候能捋顺？"

她把我给问住了。好半晌，我才说："至少得攒钱把房子给买了吧。窝都没有，何处下崽？"

"你说话能不能文艺一点？"爱人瞪着我。

我笑了笑，端正态度道："不仅房子，还有生了娃谁来带，这也是问题。"

"你是正向思维，我和你想的不一样。"

"哦？说出来听听。"

"既然现在的生活是一地鸡毛，那何不让鸡毛来得更猛烈一些呢！把所有矛盾都集中在一个时间段里消化并解决，难道不好吗？不然今日父母、明日房子、后日孩子……等一切捋顺，你怕是也老了。老了，何谈梦想？下辈子吗？再者说，假如过几年妈妈突然病情加重了，你会被拴得死死的，就更没有精力要孩子了。"

必须承认，爱人说得很有道理。而她的想法，我也不是没考虑过，只是怕委屈了她而已。

"不买房就生娃，你不觉得委屈吗？"我问爱人。

爱人说："好像不觉得。"

"什么叫'好像'？觉得就是觉得，不觉得就是不觉得。好像不觉得，该怎么理解？"

"那……不觉得。"

"要是不觉得……"我思忖了一阵，很快做出决定，"那就备孕吧，从现在开始，我戒酒。"

爱人有点猝不及防，以为我在开玩笑。我明确告诉她，自己是认真的，然后起身把手中的酒瓶——连瓶带酒——直接扔进了垃圾箱。

和爱人的这次促膝交流，发生在 2011 年 9 月的某天深夜。一个多月后，母亲突然出现的一个新情况，从另外一个层面，更加坚定了我生娃的决心。

母亲错敲邻居家门

前面提到过：我们所租住的房子是多层二楼，每天上午，只要天气好，父母都会下楼活动。活动结束，有时候两人会结伴上楼，有时候母亲会把父亲撇下老远自己先行上楼。从 2010 年 11 月到 2011 年 9 月，他们一直如此，从未出现过什么差错。

直到 2011 年 10 月的某一天——

我正在厨房里做午饭，隔窗看到父母一前一后归来，遂去客厅打开了屋门。大约一分钟过后，父亲进了屋，张口就问："你妈回来了没?"

我转身愣道："没有啊。"

"咋回事儿? 她可是走在我前面的啊!"

父亲说得没错，我隔窗的确看见是母亲走在前面。于是我赶紧出门往楼上找，最后在五楼找到了母亲，她正在敲邻居家的门。

好在邻居家似乎没人，由此避免了一场尴尬。

那一刻，我心里难受极了，但表面像什么也没有发生一样，走到母亲跟前，挽起她的手，逗乐道："妈，敲错门了，走，回咱们的家去。"

由于我的语气极其俏皮，母亲便也不认为是自己脑子出了问题，甚至笑着，随同我回了家。

进屋后，我轻描淡写地对父亲说："没事儿，一不留神多往上走了一层。"

父亲"哦"了一声，没再多说话。

下午我亦轻描淡写地把这事道给了二哥，二哥也只是"哦"了一声。

我们三个人都在刻意淡化此事，之所以如此，一定是心理上不愿意面对吧!

而且这种猜测，在母亲被正式确诊为阿尔茨海默病以后，得到了更深的印证。比如：父亲在面对熟人问及母亲得了什么病时，始终不说老年痴呆，而说记忆力减退；二哥在面对母亲的病症已经从中度发展到重度时，仍不止一次地坚信母亲会重新好起来。

然而表面云淡风轻，不表示内心平静如水。那天晚上，我辗转反侧到深夜，忍不住推醒爱人，对她说："咱生娃计划提前吧，下个月就'播种'。"

"生娃就生娃，怎么到你这儿就成了下崽、播种？还有没有更难听一点的……"爱人轻声埋怨着，"不是说好的备孕半年吗，为什么要提前啊？"

"今天妈认错家门了，跑五楼去了。且不说妈到底是不是老年痴呆，我就是觉得，照这种势头发展下去……"我一时不知该如何组织后面的话。

爱人清醒了，她转过身看着我，好半天才说："你是担心……孩子记不得奶奶？"

我点点头，补充道："或者是奶奶记不得孩子。"

爱人把目光移向天花板，仿佛在思考。最终，她再次彰显出了非凡的胸怀："那就听你的吧。"

不过，有些事情显然不会完全按照人们设想的那样发展，尽管我们在 2011 年 12 月就启动了"造人计划"，但直到 2012 年 2 月，这项计划才宣告成功。

且说母亲首次认错家门之后，不到一个月，又认错了一次。于是我采取了必要的应对措施：先是叮嘱父亲，以后活动结束，两人尽量一起回来；接着跟二哥沟通，以后我赶在父母活动结束之前就从字画店回家，以防不测。如此双保险之下，母亲基本没再出现认错家门的情况。

恰在 2012 年 4 月，大哥辞去先前的工作，来了郑州，一是探望父母，二是想在这座城市寻求新的发展机会。后来，熟人公司有项目适合大哥，但项目启动是在 6 月份。于是二哥建议大哥利用 5 月份这个空当，带父母回老家住上一段，一为调整、休息，二为陪伴双亲。大哥欣然应允。

这样，2012 年 5 月，我和爱人度过了十年陪护当中唯一一段无比惬意的二人世界时光。哦，好像说错了，是三人世界——爱人肚子里已经怀上了我最亲爱的女儿。

丈母娘打来了购房首付款

尽管爱人嘴上说没买房就生娃，不觉得委屈，但我觉得她内心深处还是渴望有一套房子的。她的不委屈，或许只是对尚无购房能力的我的一种宽慰罢了。所以从备孕那天起，我就悄悄在网上搜起了房源。

为让爱人能在我们自己的房子里坐月子，选期房已然不现实，唯有瞄准二手房。

当时郑州的二手房均价为七千五百元。我是这样考虑的：找个价格在六千八百元以下、偏旧偏小一点的两室户型，首付二十万，按揭拿下。保证老小先有个窝再说，等过几年再倒腾成大的。

定好了目标，接下来说实现目标的条件。这个条件就是"首付二十万"。

二十万从哪里来呢？我认真做了筹划：首先我手里积攒有八万，这八万来自字画店的利润分成。其次当时父亲手里有个三四万的养老钱，我问过他："假如买房，能否借来支援？"他毫不犹豫地说可以。缺口部分，我拉下面子给两个朋友打了电话，两个朋友都表示愿意支持。

既然条件没问题，那就抓紧找房吧！记得那两三个月里，我先后看了七八套房。不想有一天，爱人突然问我："你一直在看房？"

我有点纳闷："你咋知道的？"

"你电脑收藏夹里放了那么多房源信息，让我给发现了。"

"噢，我还是想买套房，旧点、小点没关系，重要的是有归属感，你说呢？"

"嗯，也有道理。"

爱人一转身把我想买房的事情说给了岳母，不多久，岳母传来了话："既然要买，还是买新房吧，大一点的，一步到位。不要借别人的钱，首付款不够，我来支持。另外坐月子也不用太担心，如果等不到新房，就来武汉生。"

接收到岳母传达的精神后，我问爱人："咱们该怎么办？"

爱人说："当然是听我妈的了。"

于是我把择房方向转向了新房。2012 年 7 月，我敲定了一套尾房，按贷款三十年计算，首付需要三十六万多。我对岳母说"支持三十万就可以"，结果岳母打来了四十万。我问她怎么多打了十万？她说："你们手里的钱用来装修吧。"

写到这里，不得不抒发一句感慨：陪护母亲的这十年，其实不是我伟大，而是爱人及其家人太伟大。随着陈述的不断推进，类似这种伟大之事指不胜屈。

二哥得知我们已经买了房后，就说："装修方面，钱不够的话，尽管说。"

尽管二哥很仗义，但真正到了装修环节，我还是能简则简，简到不能再简。一百二十三平方米三室两厅两卫的房子，基本装修加家具家电，一共才用了十四万多。

这十四万多的来源比较复杂，由三方面构成：我的积蓄、父亲的一部分养老钱，还有二哥的支持。

具体我的积蓄、父亲养老钱和二哥支持各是多少，因年深日久，加之当时就是一笔糊涂账，实在讲不清楚。

为何说是笔糊涂账？主要跟当时字画经营有关。

2012 年下半年的古玩市场，正在上演泡沫破碎前的最后疯狂——热钱持续涌入，拍卖会一场紧接一场，名人字画交易价格水涨船高，大家都在击鼓传花赚快钱。往往一幅字画，甲五万拿到手，立马加一万出手给乙，乙再加一万出手给丙，而这时丁找到了熟人甲，表示也想要这幅字画，于是甲又以八万从丙手里完成回购，再以九万卖给丁。

在此情况下，二哥的字画店资金需求量越来越大，垫资乃家常便饭，所以我手里的钱和父亲手里的钱被挪用是常有的事；挪完就还，还完再挪，一挪二挪，再加上我装修用钱，搅和在一起，便成了糊涂账。

插科打诨一下，父亲后来曾经这样向我吐槽："我不管我的钱是被你二哥借店里用了，还是被你借去装修用了，反正这笔钱没了。"

在此，我还想花费点笔墨谈谈二哥。

二哥这个人，我给他贴的最大标签是"仗义"，对兄弟仗义，对朋友也仗义。但仗义是优点，恰恰也是缺点。因为他的仗义没有原则性，说通俗点是没有规矩。

在二哥的思想里：兄弟乃天然朋友，理应不分你我，有福同享有难同当，有酒同喝有肉同吃。在一起合作经营字画店的两年里，赚钱的时候，二哥给我的分成总是很阔绰，阔绰得没有任何标准，阔绰得让我难以接受，阔绰得让我担心二嫂会有想法。不赚钱的时候，二哥甚至连我的信用卡也会拿去透支。其实这种没有原则性的行事风格，我感觉上是极不舒服的。

我觉得二哥的思想，适合两个单身的兄弟，但不适合都已结婚成家的兄弟，因为结过婚成过家的兄弟，其所做的一切事情，牵扯的已然不再只是本人。比如，自古以来，农村大家庭发展到一定程度，都要分家；再比如，俗语说的"亲兄弟，明算账""亲是亲，钱财分"。

这方面，南方人的观念及做法，较之北方人，更值得我欣赏与推崇。

既然话头扯到了这里，那我有意戏说两部影视剧吧，于读者朋友而言，可一笑了之，亦可咀嚼寻味。

第一部是 20 世纪 90 年代的电视剧《渴望》。剧中刘慧芳那种无私奉献、忍辱负重、任劳任怨的形象，迅速燃爆了北方男性的荷尔蒙，甚至有文章评论这是"东方女性的典型美"。然而南方人却是这样评论的：刘慧芳就是个傻×。

第二部是 2013 年上映的电影《中国合伙人》。关键词是热血、兄弟、创业、失败、成功、励志，电影同样燃爆了不少北方男人的荷尔蒙。然而南方人观影后是这样说的："太假、太煽情、太愚蠢，连合同都没有的合伙人，我们南方人欣赏不来。"

总之，我想表达的是：只有规矩清楚，才能经济独立；只有经济独立，才能精神自由。

基于我和二哥思想上的分歧，多年来我一直想寻求经济上的独立。当后来真正闹到独立的那一刻，二哥的自尊似乎却因此受到了一些伤害。

重新回到主线陈述上来。

由于我买的是开发商开盘过后库存的尾房，所以很快就领到了钥匙。一拿到钥匙，我便启动了装修。

2012 年 9 月，我赶在女儿出生前一个月完成了新房的装修，出于健康考虑，新房肯定不能立马入住，因此我遵循岳母的建议，早早地就让爱人回武汉待产去了。

女儿出生，身为父亲的我不可能不在身边，二哥显然也明白这一点，于是当新房装修完的那一天，我俩商量了一下，决定这样办：不再对我所租住的即将到期的房子续约，我回武汉陪护爱人生产，二哥把父母接到他家里暂住。过完春节，我再把父母、老婆孩子都接进新房去。

就这样，国庆节后，我回了武汉。

2012 年 10 月 29 日早晨 6:18，女儿在武汉市第五医院呱呱落地。

总结 2012 年大事件，无外乎是买房和生娃。

后来的许多年里，我不止一次地感慨：2012 年买房和生娃，是何其英明的决定——尤其生娃。因为从 2013 年起，我的生活开始风起云涌、惊涛骇浪。错过了 2012 年，房或许还可以买，但娃想生都生不了了。由此回味爱人那句——既然生活已经一地鸡毛，何不让鸡毛来得更猛烈一些——实乃一种智慧。

　　时至今日，每每目睹女儿茁壮成长，我都会在心里说："孩子，等你长大了，我会告诉你当初来到这个世上是多么的幸运和不易。你一定要珍惜生命中的分分秒秒，善待出现在你生命中的每一个好人；坚强而勇敢，仁慈而善良。"

第四章

2013

性情大变

找不到卫生间

从 2012 年 10 月中旬到 2013 年 2 月底,四个多月的时间,由于我回武汉陪护爱人生产及坐月子,加之新房需要散味,父母就一直住在二哥家里——当然,也包括春节。

假如没有我买房、生娃的干扰,这理应还是一个大团圆的春节——我们这个大家庭,会像往年那样,在岁末的前一星期左右,由我先赶回老家打扫卫生置办年货,待一切都安置妥当了,大队伍再归来。整个春节,我几乎没有时间去娱乐,因为睁眼闭眼都要考虑并负责十口人(爷爷在世时是十一口)的吃饭问题。

这一次,我缺席了。我的这次缺席,终结了一个历史——自 2013 年起,我们这个大家庭,再也没有回老家团圆过。

2013 年春节,我们过得很散。有多散呢?我在武汉,二哥一家去了海南,大哥一家应二哥之求入住他家里陪伴父母过完了年。

且说年后,正月十几,我只身回到郑州收拾新房。回来的第一时间,先去二哥家里看了父母。母亲见到我,竟然哭了。我想,那应该是一种久别重逢的哭、喜极而泣的哭吧。

待母亲情绪平复,我问父亲过得怎么样,父亲说还好。我又问:"我妈咋样?"

父亲小声说："她也还好。只是有天夜里，她找不到卫生间，就把小手解到客厅的垃圾桶里了。"

我有些伤感，沉默了一会儿，说："再有半个月，那边新房差不多能收拾好，好了就接你们过去。"

父亲点点头。

母亲把小手解进垃圾桶里，既在我意料之外，又在我意料之中。意料之外，是我没想到母亲的健忘会发展得这么迅速；意料之中，是二哥家卫生间距离卧室太远，起夜需要横穿整个客厅，且卫生间门外的盥洗池上方没有装灯，母亲夜里一时找不着，情有可原。

绝非自夸——我的心思比大哥、二哥都要缜密。母亲这件事发生在我买房后，但我对卫生间的敏感却是在买房之前就存在的。

我即将入住的这套新房，当初之所以敲定拿下，很大程度上正是对卫生间感到满意：一个与主卧配套，另一个与次卧相邻。

且说看望完父母，从二哥家里出来，路上我接到了爱人的电话。她问我到郑州了没有，父母身体怎么样，我据实回答后，爱人说："像妈这种情况，搬进新房后，你是怎么考虑的？让他们住主卧还是次卧呢？"

我说："我们住主卧，爸妈住次卧。"

"可妈不是夜里找卫生间有困难吗？"

"没事，次卧和次卫门挨着门呢，基本等同于主卧和主卫了。到时候，每天晚上睡觉前，我都把次卫的门打开，让里面的灯彻夜亮着，不信妈找不着。另外……"

"另外什么?"

"算了,没什么。"

其实,我想说又没说的话是:"你妈打过来四十万首付款让我们买房,我再让你住次卧,着实有些过分了。爱分上行和下行,对父母乃上行之爱,对妻女乃下行之爱。上行的,终究要逝去;下行的,始终是希望。维持二者平衡即可,切不能为了标榜上行之爱而牺牲下行之爱,这种做法是极其虚伪的。古代所谓'二十四孝',在我眼里全是愚孝。"

我的缜密心思,以及对上行之爱和下行之爱特立独行的观点,在多年后的另一件事情上,也体现得淋漓尽致。

那已经是 2019 年,我决定要给母亲请保姆,然后自己出去租个小屋写作。心想着:自己整天在家时,并不担心家里会发生什么;自己马上要每天出门了,若家里或所在单元楼发生个火灾,该怎么办?深思熟虑之下,我为家里购置了消防设备——防烟面具和逃生缓降绳。保姆到岗后,我先教会她如何使用消防设备,然后对她说:"万一发生了火灾,在借助缓降绳逃生顺序上,一定是我妻女第一,父母第二。"

生死面前,"希望"优先——我觉得自己没有错。

我结束与二哥的合作,迈出独立第一步

2013 年,在整个十年陪护当中,意义相当不一般,可以说

是转折之年。于我，是事业的转折；于母亲，则是病情的转折。

2013年伊始，我结束了与二哥的合作，迈出了独立的第一步。这件事看似偶然，实则是数种因素发展并聚集所产生的结果。

因素一，古玩市场泡沫濒临破碎。

古玩市场泡沫的真正破碎是在2013年上半年，但其端倪却在2012年下半年就已出现。这给我们兄弟两个的"分手"埋下了伏笔。

可能有朋友疑惑：古玩市场为什么会由盛至衰？这个问题不是叙述的重点，我就草草地用一句话来概括吧：2008年国际金融危机爆发后，政府启动的"四万亿计划"，间接催生了古玩市场的繁荣。2013年，政府高压反腐，打击"雅贿"，又直接挤破了古玩市场的脓包。

因素二，新人到岗和二哥工作、职务变动。

2012年10月中旬，我去武汉了，郑州这边面临着字画店人手短缺及父母需要有专人做饭的问题。恰巧老家一个侄子，大学毕业后因性格自闭，求职屡屡不成，二哥借机把他招了过来。我平日里的那些"大活儿"，这个侄子肯定干不了，但负责字画店的卫生与接待，以及给父母做饭，他倒是一点问题都没有。

那么，当2013年2月底我回到郑州以后，侄子该怎么办呢？辞退他，未免太不厚道；不辞退，又存在人力资源浪费的情况。

偏偏在这期间，二哥的工作、职务出现了变动，无须再打卡坐班，这使得他可以将更多精力投放在字画店上。

如此，二哥把大活儿干了，侄子把杂活儿干了，我若重新入局，显然便成为一个多余的人。

这对我来说，显然是一个独立的机会。我先将此想法说给了爱人。爱人问："你打算怎么独立？"

"当然是脱离二哥，再找份工作。"

"噢，我以为你要潜心创作呢。"

"不。"我望着爱人怀里酣睡的女儿说，"如果没有买房、没有生娃，我会考虑创作，但是现在我们要还房贷、养女儿，而创作收益太慢，当务之急，还是先上班赚点快钱吧。"

当我和二哥通电话，委婉地道出自己的想法后，二哥犹豫了一下，说："等你回来再说吧。"

因素三，二哥经济入不敷出，一个细节令我彻底下定了决心。

二哥本身花钱就有些大手大脚，加上字画店生意越来越不景气，渐渐开始入不敷出。

2013年春节后，我回郑州收拾新房时，客厅里的大件家具还没有买，但那时我手里已经没有任何钱了。我去找二哥寻求支援，二哥从一堆信用卡里找出两张，递给我说："这两张卡，一个能刷出来四千，一个能刷出来六千，拿去用吧。"

我硬着头皮接过了卡。不然该怎么办？不接卡，就没钱买家具，不买家具，就不能尽快地接父母入住。

这件事促使我十分坚决地向二哥摊了牌，我说咱们兄弟俩不能内耗，应该去赚外面的钱。二哥见我去意已决，便说："好吧，刚好前几天我一个高中同学，让给他推荐人呢，那你去吧。"

至此，历时两年半，我终于初步实现了独立。如果说我前期想独立纯粹是为了追求精神自由，那么后期想独立则又多了一个目的——减轻二哥的压力。

母亲性情大变，频频离家出走

我原本打算自己出去寻找一份工作，但既然二哥这里恰巧有一个机会，那肯定是再好不过了。

具体情况是这样的。

河南某百强集团下面一个茶叶公司，成立十年来，历经各种改革，从请一线明星代言，到进军全国商超，再到连锁加盟，始终没折腾出名堂。2013 年，集团有心进行第四轮改变，计划以超高年薪把同行业做得尚算成功的某家公司的一名老总挖过来。然而这名老总不看好这种改变，却又不想放弃发财机会，权衡再三，决定先将自己的得力干将以副总身份派来操盘一年，如有起色，第二年他再以总经理身份加入。

而这名得力干将，就是二哥的高中同学。其到岗后的第一件事就是招兵买马、重建公司体系。同样，他也急需一名得力干将——主要负责公司旗舰店及所有直营店的运营管理。

关于运营，我显然是不专业的。但他听了我的思路之后，却觉得我可行。我看了看薪酬待遇：月薪四千到八千元+业绩提成+年终奖。想想貌似还不错，遂欣然受命。

二哥同学希望我尽快到岗，于是我匆忙收拾好房子，先把父母接进来，再去武汉把爱人、女儿接回来，一周后入了职。

生活似乎就这样翻开了新的一页。

我每天朝八晚六地上班，上班前为家人做好早餐，下班回来再为家人做晚餐。至于中餐，一开始考虑过让爱人来做，但她同时还要照看女儿，而父母又没有能力帮忙，最后不得已，只能还由前面提到的那个侄子过来负责。

上班，谈不上快乐，也谈不上不快乐，全力以赴，只为生计吧！目前的人生，只能梦想暂时为现实让道，走一步说一步，转机什么时候出现，我自己也说不清楚。

我想着，只要工作和家庭互不冲突、相安无事便好。但怎能料到，这种最朴素的愿景，很快就因母亲性情变化而破灭了。

迹象出现在 2013 年 6 月。

接连几天，我注意到母亲总是长时间一个人躲在卧室里忙碌，无论客厅里气氛再热烈，她都无动于衷。我叫她吃饭，她也只是嘴上答应着，腿脚却不响应。这显然是极不正常的。她究竟在忙碌什么呢？我走近观察，发现她要么反复把衣服从包里掏出来再装进去、装进去再掏出来，要么反复把包上的带子打结后再解开、解开后再打结。

我问父亲是否留意到母亲这种反常表现，父亲一脸茫然。我又问爱人，爱人每天精力全在几个月大的女儿身上，似乎也不曾留意。

那个周末，我像是犯了强迫症，数次把母亲从卧室里拉出来，让她坐在沙发上看电视，而母亲每次都坐不了太久，便如梦游一样重新回了卧室。我不甘心，又把女儿塞进母亲怀里，想借此打断她的"忙碌"，而母亲呢，伊始对女儿喜爱交加，但没过几分钟，便随意将女儿往地上一放，转身又开始了她的"忙碌"。

我斜靠在卧室门框上，凝望着全然沉浸在自己世界中的母亲，她的身影弱小而又孤独，我的内心黯然而又悲凉。

对于母亲的情况，我无计可施，唯有尽量延长她下楼活动的时间。这种办法，我称之为"隔断"——只要不让母亲置身于卧室这个环境，她就会恢复如常。母亲下楼活动，仍由父亲陪同监护，每当隔窗俯瞰父母坐在楼下健身场长椅上静静相守的样子，我内心便暂时感到一阵欣慰。之所以说暂时，是因为烈日炎炎，不可能一整天都让父母待在楼下。可也只能这样了，在我看来，这虽然是不是办法的办法，但也是最好的办法。

但是生活啊，你永远猜测不到它下一秒会发生什么。比如母亲性情的改变，已让我觉得难以承受，怎料想，紧随其后还有更加难以承受的变化。

过了半个多月，某天晚饭过后，我正在拖地，父亲正在看电视，原本在卧室中安安静静地"忙碌"的母亲，突然肩膀上扛着一只枕头出现在客厅里，大大方方地朝我和父亲打招呼："你们忙吧，我走了啊。"

我大吃一惊，和父亲对视了一下后，丢掉拖把，上前拦住母亲："妈，你这是……要去哪儿啊？"

"回家。"

"这就是咱家啊！"

"别胡扯了，是不是咱家我能不知道？"母亲说着，伸手就要去开门。我下意识地去抓母亲的手，母亲瞬间像一头发怒的狮子，撞开我，吼道："你给我让开！"

我被吓着了，脑子一片空白，任由母亲打开屋门走了出去。过了几秒，我缓过神，追上去，急中生智道："妈，你等一下，咱回去把你衣裳带上再走，你衣裳兜里还有两千块钱呢。"

母亲竟然相信了我的话。回屋之后，我接连使用缓兵之计，直到母亲彻底忘掉了"回家"。

当天晚上，我和父亲都避而不谈此事。我明白，我们父子二人都在刻意回避一个痛点。这个痛点就是阿尔茨海默病——我们已经意识到母亲极有可能患的就是阿尔茨海默病，但因缺少一份权威的确诊证明，我们也便自欺欺人地像看待"皇帝的新装"一样来看待眼前发生的这事。

这一夜，我失眠了。因为我在担心，如果哪天自己正在上班时，母亲又发生这种情况，该怎么办？父亲和爱人显然搞不定。

不出所料，几天后的一个下午，我在单位正开着会，父亲打来了电话，说母亲又要离家出走，爱人正千方百计地阻拦她，怕是很快就拦不住了。

我匆忙跑出公司大楼，打车回了家。当我从单元楼电梯里走出来时，看到爱人正抱着女儿站在电梯门口，而母亲则正抱着一个布包在楼层走廊里乱转。

"你回来得真及时，"爱人看上去心有余悸，"妈可能一时迷糊，不知道怎么开电梯门了，否则我真没办法。"

我拍了拍爱人肩膀，什么也说不出来，更顾不得理会咿咿呀呀想让我抱的女儿，就转身安抚劝慰母亲去了。

这一次，无论我如何劝母亲，母亲都不愿回屋。无奈之下，我只好改变策略，先陪同她下楼，然后再见机行事。

母亲似乎不知道自己该去哪里，就在小区里一圈又一圈地转着，一直转了两个多小时，其间，我使出浑身解数，数次劝她上楼，但均以失败告终。眼见到了傍晚，我已黔驴技穷，只好故作神秘地从后面追上母亲，对她说："妈，我刚捡了五百块钱。"

"真哩？"

"不信，你看！"我把早已准备好的钱展示给母亲看。

母亲看起来挺高兴。我乘机故作得意扬扬道："咋？要不咱俩下馆子去，整点好吃的，庆祝一下？"

"中！"母亲爽快地答应了。

我带母亲去了小区西门外一家小餐馆，点了三个菜：一个是她最爱吃的鱼香肉丝，另外两个是白菜煎豆腐和农家小炒肉。

看母亲吃得津津有味，我情不自禁地掏出手机，对着菜品拍了张照，发到了朋友圈。

那一天，是 2013 年 7 月 8 日，我在朋友圈写道：

> 母亲老了，和她在外面吃饭，只有她和我，愿时光就此放缓。

仅此一句，只字未提母亲病情。

这顿饭"治愈"了母亲。饭后，母亲像个正常人一样说说笑笑地和我回了家。

接下来半个月里，母亲离家出走又发生了两次。其中第二次尤为严重，以致我精疲力竭，心中开始萌生辞职之念。

那天巧了，我依然在开会。先是父亲打来电话，说母亲又在闹出走，让我快回来。当我对领导说自己家里有急事需要缺席会议时，我发现领导的脸色难看到了极点——毕竟凡事只有再一再二，没有再三再四。

刚坐上出租车，又接到爱人电话。爱人的语气略显慌张，说母亲这回闹得有点凶，正往小区外面跑，而她自己抱着娃在后面根本追不上。

听完爱人说的情况，我也有些慌张——母亲只有小学二年级（没读完）文化水平，在郑州从来没让她独自出过门，这要是走丢了，那可是真丢了——但是我再慌，也不能表现出来。于是，我强作镇定地对爱人说："别慌，我已经上出租车了……你马上给大嫂打个电话，她离咱家最近。"

我上班的地方在郑东新区，打车回老城区家里，交通顺畅的话，一般不会超过三十分钟。然而那天很不幸运，刚跟爱人通完话，就遭遇了堵车。

堵车期间，我接到了父亲的第二个电话——他因腰疾，只能待在屋里，大抵是心里焦急——听他在电话那端唠叨的大意是：母亲下楼了，爱人也追下去了，刚才给爱人打几个电话都占线，没法子就又打到我这儿了，然后问我到哪儿了，催我尽量快点。

当父亲在电话里说"你尽量快点"时，我终于爆发了中年人的崩溃："大堵车，你让我咋快？除非我长翅膀飞回去！"

父亲被我呛得一阵沉默。

崩溃往往就在一瞬间，而且一旦发生，便不可收拾。我吼完一句，又忍不住吼第二句："我公司离家这么远，你为啥不给我二哥打电话？他十五分钟就能赶到！"吼完，我挂断了电话。

这是我第一次挂父亲的电话。

我永远忘不了那个画面：2013年，烈日炎炎的7月的某天下午，一个三十三岁的上班男人，乘坐着出租车，被堵在中州大道的拱形桥上，他俯视着前方浩浩荡荡、如蚁爬行的汽车长龙，内心充满了深深的无力感，但是他很快恢复了坚强，没过一分钟便又给父亲回拨电话，语气平静地告诉他："不用给我二哥打电话了，我已经让童童（爱人名字）给我大嫂打过了，她应该很快就能赶到。"

上天是眷顾我的。不一会儿，我收到了好消息——爱人发微信语音说："我和大嫂已经截住了妈，就在小区东门外往南公交站牌附近那里，我们已经稳住了她，你不用太着急。"

听完爱人的微信语音，我浑身一阵松弛。

这里有必要讲一下关键角色大嫂。大嫂一直在平顶山某学校上班，但因大哥转战郑州发展，她遂乘暑假期间来到郑州，夫妻短暂团聚。大哥大嫂所住之地距离我的小区很近。想着大哥白天必然在上班而大嫂应该空闲在家，于是我果断让爱人把"救火"电话打给了大嫂。

至于父亲为何舍近求远，不给二哥打电话而是次次打给我，想来想去，只有一种合理解释：他和母亲长期跟随我住，已经习惯依赖我了。当然可能还有另外一个原因：自从我搬进新房更换工作，不仅与二哥距离变远了，见面机会也变少了。关于母亲性情大变及离家出走的问题，在向二哥传达时，我和父亲就像刻意回避痛点一样，某种不可名状的心理作祟，驱使我俩不想把情况说得太严重，总是轻描淡写。如此情况下，父亲也就不大可能把"救火"电话打给二哥了。

当一切平息，夜晚来临，我筋疲力尽地躺在床上，心中默语："这班，怕是没法上了。"首次，我想到了辞职。

然而清晨醒来，我直勾勾地望着天花板，又否定了昨夜的想法："不行，这班还得上，不然房贷怎么还？生计怎么维持？"

想到残酷的现实，只能咬牙从床上爬起来，像平常每一个早晨那样，安顿好家里的一切，提起公文包去上班。只是这一次，我特意叮嘱爱人和父亲：母亲一有"闹出走"的迹象，就给我打电话，不要等到局面失控了再打。

母亲怀疑爱人偷她东西，我无奈辞职

之后的七八天里，母亲没再闹出走，但这并没有让我感到欣慰，因为按下葫芦浮起瓢——老情况暂时没有了，新情况却又出现了。

一天下班回来，爱人告诉我："妈今天有新情况，在卧室里自言自语，言辞激烈，也听不清说的啥，你留意一下。"

晚上，我特别留意，果然如此——母亲吃完饭就往卧室里钻，钻进去一边"忙碌"一边开始自言自语。

我凑近了听，发现这自言自语居然是在骂骂咧咧！

具体在骂什么，一时难以判断。但总之，骂得比较难听。我实在忍不住了，问她："妈，你骂啥呢？"

母亲头也不抬，愤愤道："骂啥？骂偷我东西的人。"

"谁偷你东西了。"

"童童!"

我登时感到一阵窒息。过了一会儿，我又问："你啥东西丢了?"

"白裤子。"

白裤子? 印象中，母亲并没有什么白裤子。但是我很快就明白了，因为那天我爱人恰好穿了一条新买的白裤子。会不会是母亲出现了幻觉，觉得爱人穿的裤子是她的呢? 一时间，我格外难受——不是为"母亲出现幻觉"难受，而是为母亲怀疑爱人偷她东西难受。我甚至有些懊恼：妈，你怀疑任何人都可以，怎么可以怀疑童童呢!

我不敢把真相告诉爱人——一个堪称世上最好的儿媳，却被婆婆如此"以怨报德"——我怕爱人承受不了。

我只能寄希望于这是母亲偶然出现的幻觉，也许明天就没有了。

然而第二天，母亲的表现却变本加厉。

我在单位有意发微信问爱人："妈今天情绪稳定否?"爱人回复："不稳定，自言自语更厉害了，像是在骂谁。"

看着爱人的回复，我的内心沉重而又忐忑。下班一到家，就隐约听见母亲的骂声从她卧室里飘出来。我换好鞋，放下包，直奔母亲房间，关好门，像昨天那样问她："妈，你又骂啥呢?"

"我的金项链、金耳坠……全都叫童童给偷走了。"

我皱了皱眉。我们从来就没有给母亲买过金项链，金耳坠倒是有，是二哥前几年买的，一直就在母亲耳朵上戴着呢。

我拽过母亲的一只手，让她摸了摸自己的耳坠，说："妈，金耳坠你一直戴着呢，金项链你本来就没有。"

"你呀！"母亲愤怒地用手指"梆梆"敲打着我的额头，"你俩就合起来骗我吧！"

我像一截木桩，麻木地杵在那里，好半晌，才走出去，来到客厅，对正在看电视的父亲说："我妈骂的啥，你应该都知道吧？"

父亲朝我卧室方向看了一眼——大概是怕我爱人听见——小声说："知道。"

我叹了口气："怎么会这样！"

父亲也叹了口气："这种病就这样，谁对她越好，她就越骂谁。"

之后，是父子二人长久的沉默。"这种病"究竟是哪种病，我没再问，父亲也没再说，一如之前的刻意回避。

那晚，我没有心情再认真做饭，只潦草地下了速冻水饺。临睡前，我决定把"真相"告诉爱人。

"给你说件事儿……"开了个头，后面的，我却不知该如何组织。

"你是想说妈骂人的事儿吧？"爱人的反应很平静。

我一愣："你都知道？"

"我猜妈是在骂我，但具体骂什么、为什么骂，我不知道。"

"你怎么猜到她是在骂你？"

"我又不傻。这几天，我明显能感觉到，妈对我充满了敌意。"

"哦……"我歉疚地说，"妈怀疑你偷了她东西。"

爱人挺意外，一阵苦笑："你不会真相信妈的话吧？"

"当然不相信，我有那么愚蠢吗?"

"那就好。"

"对不起，让你承受这种委屈。"

"没事儿。妈是病人，我理解。"

我使劲儿端详爱人的脸，但这张脸上丝毫没有流露出委屈的迹象——也许她真的不觉得委屈，也许她是把委屈给藏了起来。

聊天至此，我不知道该继续往下说什么，便在已经熟睡的女儿额头上亲了一口，又抱了一下爱人，道了声"晚安"，转身去了小屋。

顺便说一下：我们这套三居室房子，主卧和次卧中间夹着一个小屋，每每我心情糟糕时，就会躲进小屋，借酒精麻痹自己，然后直接和衣倒在沙发床上睡到天亮。

那晚也不例外，我在小屋里独酌到差不多次日凌晨 1 点，准备到外面的次卫方便完回来入睡时，你们猜我看见了什么?

我看见母亲居然抱着枕头在客厅里像梦游一样乱逛! 这让我十分震惊! 我走过去悄声问她："妈，大半夜的，你不睡觉，在这儿瞎逛啥呢?"

母亲激动地说："东西都丢了，你让我咋睡?"

我无奈地哄骗她："没丢，东西我都给你找着了。"

"在哪儿呢?"

"在我二哥家里，他给你买了一个大保险柜，都给你锁好了，谁也偷不走。"

母亲很高兴："那还行!"

"所以，赶紧睡觉去!"

我把母亲推进了卧室，并看着她躺下。而父亲，在床的另一侧睡得正酣，对所发生的一切浑然不觉。

突然多了这么一个"插曲"，令我久久难以入睡，我心里很不踏实，担心自己睡着以后母亲还会起来瞎逛。怎么办？想来想去，我只能把客厅的灯打开、把小屋门敞开着睡。

凌晨三四点，迷迷糊糊中，我感到床前有窸窸窣窣的声音，睁眼一看，母亲正把她的枕头和夏凉被往我沙发床上放。

"妈，你这是要干啥？"我支起身子问道。

"赶紧！东西快丢完了！"

唉！我痛苦地用拳头砸了砸额头，又是各种哄骗，让母亲回了卧室。这时窗外的天色已经快亮起来了，我睡意全无，坐下来一根接一根地抽烟。当天色大白，一盒烟抽完，我自己对自己说了两个字："辞职！"

必须辞职！之前不辞，是出于房贷和生计考虑；如今辞职，则是出于保护爱人的考虑。

吃完早饭，我没去上班，先把父母"赶"下楼活动，接着找爱人摊牌。

我找爱人的时候，她正坐在卧室落地窗前的小凳子上给女儿喂奶。女儿吃着奶，她的目光却不在女儿身上，而是呆呆地望着窗外。我不知道她在想些什么，但通过她的神态，我能感受到一种忧郁。这幅画面，更加坚定了我辞职的决心。

我坐在爱人旁边的地板上，表达了自己的想法。爱人说："确实，因为妈，你这班挺难上的，辞就辞吧！"顿了顿，她又说，"不过，房贷和生活开销怎么办？"

"车到山前必有路。"

"有没有可能……你在家带娃，我出去上班？"

我被弄得一怔。

"只是这样做的话，"爱人马上补充，"娃就得断奶。"

随着"断奶"声落，我俩不约而同地将目光移向了女儿。女儿嘴里噙着乳头，乌溜溜的眼睛一会儿瞟瞟爱人，一会儿瞟瞟我。那眼光戳中了我心中最软的地方，我当即态度明确道："不能断奶，你就待在家里。"

跟爱人沟通完毕，我立刻去见二哥。当我把母亲近期详细情况及个人辞职打算讲完后，二哥也没多说什么，只是说："辞就辞吧，近期你先在家照顾着妈，房贷和生活开销我负责。"

我说："好。"

辞职报告呈上去，领导直接签字批准，大概早就对我心猿意马的工作态度看不顺眼了。只是再不顺眼，也得按程序来，即：自递交辞职报告之日起，满一个月离职。

原以为辞职时机选择得"恰到好处"，但很快我就意识到：这决心，下得还是太晚了一些。因为母亲对爱人的"敌意"与日俱增——已然从怀疑爱人偷她东西，逐渐发展至见不得爱人穿好看的衣服、见不得爱人在她面前吃诱人的零食。

为了避免刺激母亲，我不得不让爱人一天中绝大部分时间都待在主卧室里——哪怕吃饭，也尽量单独在卧室里吃。

然而凡事总有疏忽的时候。

2013年8月11日，星期日，恰巧在家休息的我，目睹了阿尔茨海默病的冰冷、残酷与冷漠。爱人"大意"地坐在餐桌前吃了两块猪肉脯，不小心被母亲撞见，母亲很生气，认定爱人是在偷吃她的东西，随即开始闹出走，长期备受压抑的爱人，那一刻终于崩溃了，她跪在母亲面前，边哭边说自己错了，哀求母亲不要走。

我冲上去拉起了爱人，让她先回卧室。我彻底稳定住母亲的情绪以后，转而责备爱人："你怎么可以下跪呢，你一点错都没有！"

爱人哭着说："我也知道我没错，但我承受不住了，只能自己惩罚自己。"

我把脸扭向一旁，眼眶里也是泪。过了一阵，我说："你别在这儿受这种罪了，明天我就送你和娃回武汉。"

频繁变换的生活轨迹

2013年8月12日，我送妻女回武汉。在高铁站候车厅里，爱人问我："我们在武汉住多久呢？是长住还是短住？"

这个问题，从昨天决定送她们走的那一刻起，我就一直在思考。

我认为绝对不能让妻女在武汉长住。

首先，武汉那边，岳父尚未退休，岳母虽说退休了，但她有自己的生活安排，妻女此番回去，已经打乱了她的生活节奏。

其次，为了不让岳父母忧心我们的生活，我们从未向武汉那边透露过关于我母亲的真实情况，这次也不打算透露，妻女此番回去，若是没有任何理由地长久滞留，势必会引起岳父母的猜测与怀疑，这种猜测和怀疑的对象包括但不限于我们的婚姻。

最后，女儿马上一岁，若长久与我分离，容易造成父爱缺失，不利于她心理及情感的健康成长。

所以，我对爱人说："你回去只是暂时'避难'，等我彻底离了职，就接你们回来。"

当然，我上述的第二条只适应于彼时彼阶段。而事物是不断发展变化的，随着后来母亲病情的持续恶化，到了 2014 年 9 月，妻女被迫长期滞留武汉，眼看"谎言"无法继续，我才不得不让爱人向岳父母坦白了母亲的真实情况。但是，对于 2015 年我人生的至暗时刻，其间所发生的一切，我从来没向远在武汉的岳父母及爱人透露过，直到 2019 年 9 月，我在个人公众号发表了一篇文章《我和阿尔茨海默病母亲日夜相守的这九年》，里面如实披露了那段不曾提起的故事，岳母读罢，不禁潸然泪下。

现在，文章写到这里，我暂停下来，翻阅了一下我和爱人的朋友圈相册，根据记录，梳理出了 2013 年 8 月以后，我频繁变换的生活轨迹：

2013 年 8 月 12 日，送妻女回武汉；

2013 年 9 月 26 日，接妻女回郑州；

2013 年 11 月 3 日，携父母妻女回距离郑州 200 公里的老家；

2013 年 11 月 9 日，携父母妻女回郑州；

2014 年 3 月 29 日，送妻女回武汉；

2014 年 4 月 2 日，携父母回老家；

2014 年 5 月 10 日，携父母回郑州；

2014 年 7 月 5 日，接妻女回郑州；

2014 年 9 月 4 日，携父母妻女回老家；

2014 年 9 月 23 日，从老家县城火车站送妻女回武汉；

2015 年 2 月 8 日，携父母回郑州；

2015 年 3 月 25 日，携父母回老家；

2015 年 6 月 19 日，携父母回郑州；

2015 年 7 月 1 日，接妻女回郑州。

这种生活轨迹，皆因母亲病情变动，个中滋味，唯有自知。后面，我会用详细的文字，冷静而又客观地来陈述每一次轨迹变动的因与果、艰难与坎坷。

我想重振梦想翅膀，却心有余而力不足

我原本 9 月初就可以正式离职，但因一些工作未交接完成，一直拖到 20 多日，才彻底从单位脱身，然后于 26 日赴武汉接回了妻女。

回顾妻女离家的这一个多月里，母亲的表现，在原有基础之上，略有升级。

第一，闹出走情况依然存在，一次大嫂在场，一次我在场，所幸都及时拦了下来。

第二，忙碌情况较之以往变得更严重，战场也由卧室逐渐扩大到了客厅。基本情况就是，每天把卧室里的所有衣服往客厅沙发上搬运，搬运完了再抱回去，如此反复。

第三，不睡觉，夜里游逛渐成常态。

第四，先前被医生判定为"由脱髓鞘所引发的情绪化头痛"，在隐伏了一段时间后，又莫名其妙地严重起来。

第五，说出来有点匪夷所思：由于爱人这个"敌对目标"突然消失，母亲确实消停了一阵，然而就在妻女返郑倒计时两周左右，她又树立起了新的"目标"——父亲，动辄就说"不想见到父亲"，"自己的头痛是年轻时候父亲把她给打的"等等，每每此时，父亲便阴沉着脸，说不清是面子上挂不住，还是纯粹的无奈。

那么，妻女回来当天，母亲反应又如何呢？令人颇为意外的是，她像是忘了之前爱人的"累累罪行"，竟对妻女表现出了久别重逢的欣喜与欢迎。

不过这并不值得庆贺，因为欣喜与欢迎仅仅是昙花一现，没出一周，母亲便恢复到了之前的冷漠状态。而且在这种状态下，母亲的"敌人"也由原来的爱人一个人，变成了爱人和父亲两个人。

面对母亲的无端找碴儿，终于有一天，父亲忍无可忍地跟她吵了起来。这一幕，恰被登门探望的二哥碰见。二哥了解完近期母亲的情况，对我说："我们还是要注意点，凡事尽量多为妈考虑。我把妈接到我那儿住几天，看会不会好点。"

二哥的弦外之音，似乎是我们对母亲的包容还不够。可他没有亲历，哪里知晓事情的残酷？但我还是同意了他"把妈接到我那儿住几天"的建议，毕竟实践出真知。

于是，2013年10月16日至19日，二哥把母亲接走在他那里小住了四天，我则乘此机会"偷得浮生四日闲"，去了一趟北京。

为什么要去北京？总结起来无外乎两个原因：其一，压抑太久了，想给心灵放个假；其二，既然辞职了，我想在照顾母亲之余重振梦想的翅膀，遂决定去北京见见出版圈的朋友，走动走动关系。

当北京之旅结束，我在回程火车上给二哥打了个电话，问母亲情况如何，二哥叹了口气。听其讲述：母亲在他那里也是彻夜不睡觉，即便二嫂和她躺在一张床上，搂着她哄着她也无济于事。另外，母亲在我这里住时频频表现出不想见到父亲的态度，但到了二哥那里，却又不停追问父亲去了哪里。

看来，二哥也多少明白了：母亲的问题，并不像他想象中那样简单。

话题切回到北京之旅，我想重振梦想翅膀，但后面的残酷生活却向我证明了"梦想如鸟，现实如囚笼"，我就是一只囚鸟。

尽管如此，在这里，我还是有意将北京之旅结束后，热血尚未冷时，所写的一篇短文《我用梦想赌明天》，分享给大家。

分享引言：那次去北京，我不仅拜会了出版圈朋友，也看望了两个同学，其中一个同学是我高一舍友，彼时正在清华做博士后。

我用梦想赌明天

有这样一位哥们儿，我与他十六年前相识。头一年我们读高一，昼夜相处，共睡一张床共吃一碗饭；第二年我择文他择理，于是我们每天只能在校园里点头而过；以后的十三年里，我们于滚滚红尘中见过一面并匆匆道别。

本次赴京再与他聚首，距离两人相识已是十六周年外加一月整。此时他是清华大学博士后。十六年前我曾经问他：你的梦想是什么。他说：清华博士。当时我掐指算了算：高二高三两年，清华本硕博如果能连读……如此下来，他实现梦想不会超过十年——却不承想，这个过程，他竟然用了十六年！

这次，我去清华找他，住在他校园深处的家中。我们共睡一室，喝酒、吃饭、卧谈……当他发出微微鼾声，我的思绪却飘回到了十六年前。

十六年前，我们像摆烤红薯一样，睡在高一（2）班寝室的大通铺上，一席二人，我们从此成为床友。他性格沉稳，勤奋好学成绩斐然；我本性顽劣，兴趣颇广正形全无。考试，我常抄他的；衣服，他常帮我洗。熄灯睡觉前，他总是利用从窗外偷扯进来的细小电线给随身听接通电源学习外语，而我总是在津津有味地给所有室友讲述自己小时候干过的坏事以及见过的各种奇闻怪事。

高二，我带着对文学的梦想选择了文科，他带着对清华的梦想选择了理科。高三，我勉强被河南大学录取，果断选择了前进；他落后清华分数线大约十分，果断选择了复读。

我们就此分别，靠信件或电话维持着联系。接下来的一年，我在大学里浑浑噩噩，完全找不到方向；而他在第二次高考中发挥失常，再次与清华无缘。那是一个令人记忆深刻的苦闷迷茫的夏季，我们彼此渐渐失去了联系。

随后，我从其他高中同学那里得知，二度高考失利的他不再固执，一个人默默背着行囊走进了当时的大连铁道学院。再随后，我大学毕业，无头苍蝇般地为生计奔波在郑州城内，起初的文学梦想像擦屁股纸一样被我丢弃在马桶里用水冲走。偶尔我会想起他，想他是否和我一样，也早已把他的清华梦想当作擦屁股纸用水冲走。

一天夜晚，我在地摊上吃过晚饭，买了一小瓶二锅头，盘腿坐在二七广场，边喝边仰望着二七塔发呆，其间突然接到他的电话，他在电话另一端平静地对我说：今年，清华在全国只招收一名交通专业的研究生，我已经报考！

我酒意瞬间全无。是的，我没有听错，他已经报考清华大学的研究生！而且全国只有一个名额！我知道这句话意味着什么——他并没有把他的梦想当作擦屁股纸。彼时的我正麻木地跳槽，痛苦地干着自己并不擅长的工作。他的决定似乎激醒了我。在几经犹豫之后，我选择了流浪，并在流浪中开始了第一本小说的创作。

半年时光悄然过去。他如同挥之不去的幽灵，即便我不去联系他，却总有人会给我带来他的消息：他没有考上清华研究生，而是被调剂到了北京公安大学读研。我已记不清当年得到这个消息时的心情，唯一能记起的是当晚我大醉了一场。

当他不知怀揣着怎样的心情走进公安大学时，我也抵抗不住家人、亲戚、朋友的压力，在一片"不务正业""富于幻想""逃避现实"的舆论下，带着没有创作完毕的小说回到了郑州——回归到现实。我从此变得寡言。

2006年盛夏，他忽然来到郑州，并说要见我。正在上班的我，接到他的电话，愣了许久，才慢腾腾地下楼，打车，见他。吃饭期间，他说他的性格不适合在公安系统里混。我说那该怎么办？他说，我目前的专业符合报考同济大学的博士，我准备报考！我咬着牙说：你若真的报考同济，我定坚持把小说写完。

2007年，他如愿考上了同济大学的博士，我如愿出版了我人生的第一本小说。

2010年，我出版了我人生中第二部小说；他正筹划着如何实现从"同济博士"到"清华博士后"的过渡。

2013年，他终于到达了清华，我仍在路上。

回忆结束，已是三更。一股灼流从我眼角淌出，滑过脸颊。窗外，清华的校园真安静。

从折腾到就医

闹出走、忙碌、夜游、头痛、敌视儿媳、仇视亲人……母亲的问题越来越多，至2013年10月底，又新增了两项：哭啼和呕吐。

具体诠释：当她闹出走时，你若强加阻拦，她便会情绪激动地哭啼，进而诱发呕吐。

母亲哭啼和呕吐的时候，看上去特别可怜。由于她闹出走基本就是吵着要回老家，我和二哥于心不忍之下，经过商议，做出了一个决定。

先是二哥含蓄地征求我的意见："妈看着太可怜了，既然她想回老家，你看能不能回去住一段？"

我说："那就回去住一段吧。"

起初我打算只带父母回老家，后来我又改变了主意决定让妻女也跟着回去。"起初打算"是忌于母亲敌视爱人，后来改变主意则是因为雾霾。

2013 年是全国雾霾最严重的一年，而郑州更是"严重中的严重"，PM2.5 指数动辄爆表；相比之下，乡下老家空气质量略好一点；出于对女儿健康的考虑，爱人避而不谈自己的委屈，主动提议想跟着回去。

做出回老家这个决定时，是 11 月 1 日，距离立冬仅有五天。回去住多久？要不要在老家过冬？一切都是未知数。

二哥建议我们把过冬装备带齐，他有一种强烈的主观意识，认为母亲只要回到老家情绪就会变好。然而我却不这么想，我潜意识里始终弥漫着悲观。我们兄弟二人何以存在意识差别？这在当时说不清，也道不明。只有经历过了，事后回头看，才明白这种意识差别其实都是源于对阿尔茨海默病的无知和无措。

不管怎样，我还是备齐了五口人的过冬装备。那时候，我没有车，二哥有辆丰田车。我把丰田车的后备箱、后窗台、座位前放脚位置，所有能塞东西的地方，都塞得满满当当，然后于 11 月 3 日，由二哥送我们回了老家。

接下来发生的事情谁都没能料到：母亲回到老家的当天，

确实挺开心，但到了 5 日、6 日，便开始吵着要回郑州。8 日，母亲毫无征兆地出现了缺氧症状，躺在靠椅里大口喘气，慌得父亲赶紧冲稳心颗粒，我赶紧熬姜汤。

虽说 8 日发生的事情，很快得以平息，但父亲却坐不住了，他认定母亲是心脏早搏，当晚就给二哥打电话，强烈要求他翌日开车回来把我们再接回郑州——言外之意，假如母亲在老家有个三长两短，抢救都来不及。

二哥可能也有些害怕，翌日早早就赶了回来。

如此屈指一数，两头日子都算上，我们在老家待了不过一个星期。

一回到郑州，几乎没怎么耽搁，二哥就带母亲去了离家最近的第一人民医院。也许是受父亲怀疑母亲心脏早搏的影响吧，二哥挂的是心内科的号。具体会诊过程，我不太了解，只知道二哥带母亲在门诊一看完就办理了住院手续。

大家有印象的话，应该还能记得在前面章节中，那位中医药大学第一附属医院大夫说的：如果想准确判定母亲是否患有心脏疾病，唯有住院做冠状动脉造影检查。该项检查，当时我们没有做。

这一次，二哥决定给母亲做。然而做的结果却是：心脏没有任何毛病。

主治大夫又建议做胸部 CT。我带母亲去做了，结果也没什么异常。

那天，我和二哥都在场。主治大夫对我们说："该做的检查都做了，查不出心脏有什么毛病。我个人判断，你们母亲应该是情绪方面的问题，建议去心身科看看。"

这是我首次听说"心身科"。据主管大夫介绍，这是第一人民医院新设立的一个科室，就在门诊三楼。我们兄弟二人经过合议，决定先办理出院手续，然后再由我领着母亲去心身科看看。

我按正常程序挂了心身科的号。在诊室外候诊的过程中，我认真阅览了走廊墙壁展板上关于心身科的一些科普知识宣传，才明白：原来心身科大约等同于心理疾病科。

这里，请允许我跳出常规叙事线，补充一些情节。

母亲于 2013 年 11 月由心内科转入该院的心身科就诊并治疗，后于 2014 年 3 月转往第八人民医院就诊，再于 2014 年 5 月二次前往第八人民医院、首次前往中心医院就诊，最后于 2014 年 8 月又回到第一人民医院，正式由其神经内科确诊为阿尔茨海默病。

看见没有？兜兜转转一大圈，最后又回到了第一人民医院。所以，我们难免会想：假如当初第一人民医院心内科的那名主治大夫，建议我们去的是本院神经内科而非心身科，想必就不会有后来的周折了。

"假如"只存在于设想，真正的生活里是没有"假如"的；人生中的大多数事情——除了好运气——何尝不都是在"交学费"中负重前行呢！

不过，交学费归交学费，这并不妨碍我们对母亲周折就医的问题进行剖析。为什么会出现这种情况？

我认为有四大因素。

一、术业有专攻——这是针对第一人民医院心内科那名主治大夫而言。他只是在自己熟悉的领域里专业，一旦脱离了"熟悉领域"，很难"透过现象看本质"。

二、形而上学——这主要是说父亲、二哥和我。由于我们对阿尔茨海默病的无知，故而形成了看待问题的孤立化和片面化，一直都从母亲生病的表象或外因上寻找答案。

三、皇帝的新装——这依然是说父亲、二哥和我。一方面我们对阿尔茨海默病存在着无知，一方面我们又隐约意识到母亲有可能患的就是这病。关键是意识到了却不愿面对，这就导致我们在向医生描述母亲病情时，只说看到的，不说意识到的，换言之，如果医生没有判定母亲是阿尔茨海默病，我们也决不会主动对医生说"您看我妈这会不会是阿尔茨海默病啊"。我们寄希望于医生来主动定论母亲是否患了阿尔茨海默病，是则认命，否则庆幸。这是一种什么样的心理呢？复杂而又解释不清楚，但有一点，我却又是明白的，即这种心理一定是建立在我们深爱母亲，母亲也深爱我们基础之上的。因为深爱，所以不敢面对；因为面对，就意味着要失去爱。

四、顾虑之下的隐言。包括先前中医药大学第一附属医院的大夫、当下第一人民医院心内科的大夫及心身科的大夫、后来第八人民医院（首次就诊）的大夫。我猜测这些医生或多或少都会把母亲往阿尔茨海默病方面去想。但因这种疾病，其初期医学检查往往难有结果，更多的还是凭主观临床推测，加之其不同于一般疾病，是一种让人活得没有尊严感的俗称为"老年痴呆"的疾病，再加之母亲还年轻，才五十八岁——这些综合起来，我想医生轻易是不会给母亲戴阿尔茨海默病这顶帽子的，万一戴错了怎么办？所以多一事不如少一事。

剖析到这儿，或许会有人说：最后一条顾虑之下的隐言，只是你的个人猜测，未必正确吧？

正确与否——怎么说呢，除非让那几名大夫亲口道出答案，否则只能停留在猜测层面。

然而，虽是猜测，我却可以验证。

何以验证？看上述的"四"，其中一句"第八人民医院（首次就诊）的大夫"——我特意强调"首次就诊"。八院是精神病专科医院，我们带母亲去过两次。二次就诊时，我又换了一名大夫，恰是换的这名大夫，给母亲诊完病，欲言又止而终未止地点了一句："建议你们去神经内科看一下，看是不是器质性病变。"当我和二哥追问什么是器质性病变时，这名大夫闪烁其词："只是个建议……你们去看看吧。"

正是这名大夫点的一句，终于让母亲的就医路迎来了转折。

总而言之，母亲所有性情方面的变化都是阿尔茨海默病的表现形式，而我们却错把表现形式当成了本质。

就这样，在第一人民医院心内科大夫的建议下，我们兄弟二人带着错误的认知来到心身科，然后由心身科大夫给母亲做出了诊断：抑郁症。

那么，我和二哥相信这个诊断了吗？

相信了。

因为抛开病因，母亲的种种表现基本都在心身科走廊墙壁展板上所科普的抑郁症范畴之内；另外，心身科大夫还让母亲做了一份关于抑郁症的试卷问答，测试结果显示：母亲为中度抑郁。

如此，我和二哥怎能不信？

接下来，心身科大夫给母亲开了三种治疗抑郁症的药物。从此，母亲开始了长达三个多月的"抑郁治疗"。

第五章

2014

确诊

母亲唱起了歌谣

母亲于 2013 年 11 月下旬开始接受抑郁治疗。服用药物的第一个星期，病情不见减轻，反而情绪变得异常激烈。我不安地把情况反馈给了大夫。大夫说这是身体对突然入侵药物的正常反抗，坚持服药，一定会见效。

我遵从医嘱，又坚持了大概一周，终于在忐忑与煎熬中等来了效果。母亲焦躁程度及对亲人的冷漠程度均有所下降，具体表现为：夜游次数明显减少，可以在客厅沙发上短暂静坐，闹出走时能够听得进去劝，不再敌视爱人，开始喜爱并亲近女儿。

尤其当某一天目睹母亲主动从爱人怀里抱走女儿，然后坐在沙发上，将女儿放在她脚脖上，拉着女儿的小手，身体一仰一俯，像玩跷跷板一样，对女儿哼唱歌谣时，我忽然有种想流泪的感觉。

张罗过河，一斗麦磨不着，客来了那咋着，杀个鸡烙油馍，不吃不吃十来个，骨头尖卡住我，吐恁婆子家一灶火。

这是母亲唯一会唱的一首歌谣。小时候她给我们弟兄三个唱过，难以置信现在她竟然还会给我女儿唱起。这画面，温馨中透露着感伤，因为这是母亲第一次给一岁又两个月大的女儿唱歌谣，也是唱得最完整的一次——后来，母亲又给女儿唱过两次，但她那时的记忆力已然不允许她将歌谣再从头唱到尾。

回想母亲的性情——2013 年 6 月突变，2013 年 12 月被抑郁药物强行控制——这半年的时光，于我而言，是那么漫长，每一个白天和黑夜，无不是在神经紧绷、极端压抑中度过。

生活本就是充满了各式各样的矛盾，只是当你专注于主要矛盾时，无形中便会忽略次要矛盾，而主要矛盾一旦消失，某个次要矛盾便会浮出水面，演变为新的主要矛盾。

我的生活便是如此。

2013 年下半年，如何应付母亲性情大变是我生活中的主要矛盾。当到了年末，随着母亲性情大变暂且被药物控制，我似乎失去了斗争对象，一下子变得虚脱落寞。这时候，主要矛盾自然瓦解，次要矛盾逐渐凸显并取代前者成为新的主要矛盾。

这种新的主要矛盾便是：收入问题。

如我前面所言，2013 年是古玩市场泡沫破碎的一年，二哥的日子相当不好过，字画店濒临关门转让。加之我前脚刚脱离二哥迈向独立，后脚便因母亲性情大变辞了职，可以这么说，从 2013 年 9 月至 12 月，我和二哥的经济状况严重入不敷出。

我在疲于应付母亲性情大变时，显然没精力去想经济问题，至于二哥，也许有精力却无心情，或者有心情却无思路。而当母亲性情大变被药物控制时，我终于能够腾出一点精力来思考经济问题；二哥大概也看到了我的精力解放，便上心地围绕我琢磨起了创收项目。

二哥琢磨的结果竟然是：开一个会所，然后再将会所纳入文化传播公司。

我并不看好这个匪夷所思的决定，但二哥却一意孤行。后来的事实证明了我的看法的正确性——会所是个短命的失败项目，以我的名义所注册的文化传播公司也只是个空壳。不过，凡事皆有两面性，虽然会所属于失败亏损项目，却也由此触发了下一个尚算成功的项目——即2015年成立的餐饮管理公司。当然，我们需要承认，由一个亏损了数十万的失败项目，换取到一个尚算成功的项目——之所以说尚算，是因为该项目的发展也是历尽了坎坷——这学费交得有点贵。

二哥为何想要开会所？"想"是想法，"要"是决意。我认为"想"是突发奇想，"要"是情怀驱使。

什么情怀？文化情怀。

我和二哥同属文化人。两人区别在于：我较为纯粹，梦想是梦想，钱是钱，我希望梦想可以换钱，但不愿意为了钱而改造梦想；二哥较为接地气，喜欢文化，更喜欢在喜欢文化的过程中顺带着把钱也给赚了。这就决定了二哥在琢磨创收项目时，仍想立足于文化。

二哥的想法是：把二嫂父母的一套闲置民房借过来，装修成高端文化会所，由我经营，召集政、商、文学艺术界的朋友们过来吃吃喝喝，达成一些交易。

说白了，会所实质上就是字画店的升级版，二哥想搞"文化搭台、经济唱戏"。出发点好不好？我认为好。但二哥过于主观自信，忽略了变化了的客观环境。

这个变化了的客观环境，指的是古玩市场泡沫破碎和政府持续高压反腐。泡沫已经破碎，何来字画交易？高压反腐之下，何人还敢出入会所？

你看，二哥带着情怀做会所，不幸以失败告终，后来无心插柳，反而把餐饮给做成功了。这着实有点尴尬和讽刺。所以，我的心得是：想赚钱就少讲情怀，讲情怀就别指望赚钱，想带着情怀赚钱很难。

总之，我已经向二哥表达了不看好会所的想法，二哥仍然执意要搞，那我也只有硬着头皮听从。

倦厌

据实而论，我是一个内心孤僻的人，假如父母很健康，我一定是过着一种离群索居的生活，根本不会和二哥一起做事。不是我排斥二哥其人，而是我们两个喜欢和追求的东西不太一样。可现实是，因为母亲的疾病，我不仅无法过离群索居的生活，甚至连独立都成了奢望。

一切都是为了大局。

为了大局，我和二哥都表现出了最无私的一面——扬己之长、避己之短，彼此包容、相互配合。包括这次的经营会所，尽管非我所爱，我依然选择了接受——不仅接受，而且认真待之。

但这——正如世上很多人一边吐槽着自己讨厌的工作一边

又拼尽全力为它卖命那样——并不妨碍我表露自己的心迹。

坦白讲，伊始我对会所仅仅是停留在不喜欢上，但随着经营工作的开展，这种不喜欢渐渐就上升到了倦厌。

我用了"倦厌"，而非"厌倦"。因为我是由倦生厌。倦从何来？从家与会所之间的奔波而来。

会所2013年12月初装修，2014年1月中旬营业。装修期间尚好，虽然是家与会所两头跑，但因母亲在药物控制下情绪较稳定，我也只是现场简单巡察，不需要亲自下手，更不需要加班加点，所以我没觉得怎么倦。

然而到了营业阶段，很多东西都变了。

先是母亲的病情渐有挣脱药物控制的势头。这就造成了我做事情不能一心一意：在会所时老想着家里，在家里时老想着会所。甚至正在会所忙碌时突然接到父亲或爱人电话要求回家"灭火"、正在家里"灭火"突然接到会所电话让过去协调紧急事务。

这很像2013年夏天夹在家与单位之间分身乏术的我，但毕竟母亲的情况不及当时严重，会所又是自己开的，说走就能走，无须看领导脸色。所以于我而言，无非就是身体上的疲倦，权当是干庄稼活了吧！

可一旦心理上疲倦，便足以令我生厌。

会所营业后，几乎每天都有酒局，乍一看很热闹，仔细想却不是那么回事儿。因为会所投入运营的时间是2014年1月中旬，距离春节只有半个月，按照北方城市节前聚一聚的风俗，这些密集的酒局，要么是二哥宴请他的朋友们，要么是朋友们宴请二哥，除了吃喝还是吃喝，除了醉生梦死还是醉生梦死，我看不到有什么积极或实际的意义。

比如，有的酒局能拖延到次日凌晨一两点，我不可能让厨师和服务员一直守在那里，这种情况只能自己顶上。每每目睹那些酩酊大醉的朋友，喝着早已灌不下去的酒，说着没边没沿的鬼话，发着洋相百出的酒疯，再想想家里母亲还没有吃药，还在客厅里夜游，还在等待我回去安抚其睡觉，我就会产生极大的心理落差：这些朋友不过一千多块钱的消费，却从下午拖延到半夜，我为应酬他们而弃母亲于不顾，究竟值不值得？

再比如，凡有二哥参与的酒局，理论上似乎不需要我一直盯在那里。但真实情况往往是：我正在家里安抚母亲或在楼下陪母亲散步，要么二哥朋友打来电话说二哥喝多了让我过去帮忙，要么二哥打来电话说他朋友喝多了让我过去当司机。每每此时，我同样会产生极大的心理落差。

倦厌由此而生。

好在半月很快过去，2014 年的农历新年转瞬即至，我终于拥有了一段短暂的清静时光。

2014 年春节，和 2013 年春节一样意义非凡。

2013 年春节，终结了我们这个大家庭回老家团圆的传统。那个春节，我在武汉，二哥一家去了海南，大哥大嫂来郑州陪父母过了年。

2014 年春节，开启了"父母跟随我过年"的传统。这个春节，我和父母在郑州，二哥一家仍然去了海南，大哥一家在平顶山。

2014 年春节，我想了很多关于未来的事情，但始终捋不出一个清晰的思路。

既有烦恼，也有短暂的安适

2013 年 11 月下旬至 2014 年 1 月底，母亲一直在吃第一人民医院心身科大夫给开的三种治疗抑郁症的西药。这药前期有一定效果，后期基本不起作用。春节快过完的时候，眼见母亲性情又要反弹到吃药前的水平，不得已，我带她进行了复诊。

第一人民医院心身科的那名女大夫，四十多岁，第一次带母亲去她那里时，她文静耐心的态度给我留下了深刻的印象。

原想复诊时，体验和感受会跟首次一样良好，哪知略有失望。不知道怎么回事，她完全没有了首次的耐心，没等我陈述完母亲的情况，就直接调整了药方——保留原来药物中的一种，变更了另外两种。

我按复诊后调整的药方让母亲服药，结果母亲的性情变得像过山车一样起伏不定。这种局面持续到 3 月初时，我坐不住了，决定自作主张地带母亲去精神病专科医院——第八人民医院看看。

我想，既然抑郁症属于精神疾病，那何不去专科医院呢？

第八人民医院，母亲一共来了两次——3 月份一次，5 月份一次。

3 月份这次来八院就诊碰到的大夫，或许跟之前各位大夫一样，都猜测到了母亲患的是阿尔茨海默病，却也没有点破。所以最终结果是：我带着一大堆不同于第一人民医院心身科大夫所开的全新的治疗抑郁症的药物回了家。

八院药物有没有作用？有，而且比一院刚开始吃的药物效果还要好一些——不出一周，母亲的情况便大有改观。

母亲这边算是稳住了，会所那边情况又如何呢？答案是：不好。年前一场紧接一场的酒局只是假象，年后一直到3月都是冷冷清清。3月下旬，大厨也提出了辞职。

对于大厨辞职，二哥有些不理解，生气地说："大厨待遇是不太高，但会所不累、不忙呀，就算十天半月没有饭局，工资可是一分不少给他照开的，这么轻松的活儿，他上哪儿找去？"

我说："大厨四十多岁，不是养老的年纪，正是赚钱养家的时候。他要的不是清闲，而是忙碌，唯有忙碌起来，才能多赚钱。"

二哥想了想，说："再给他加五百块钱，你问他愿不愿意干。"

结果给大厨一讲，大厨却说："别加了，会所生意不好，拿这钱我受之有愧。我有个建议，咱会所这情况，不需要全职厨师，兼职就可以，啥时候有接待，我啥时候让徒弟过来，按'点工'付费，你们也省钱。"

我觉得大厨的建议很中肯。说给二哥，二哥也认为可行。

厨师事件刚翻篇儿，又迎来了一件较为麻烦的事情：清明假期，二哥几位朋友及其家属，共计十多人，想去我老家的山里玩，二哥让我提前几天回老家收拾房屋、安排吃住。

我皱了皱眉，问二哥："爸妈怎么办？"

二哥说："跟你回去。"

我说:"你的朋友及其家属,加上爸妈、你我两个小家庭,不下二十人的队伍,吃住都在咱家里,这可不是一项小工程。"

"我明白。但这些朋友比较重要,你就辛苦点。"

"你不明白。"我反驳二哥,"不是辛苦不辛苦的问题,而是妈这一块儿。我不敢保证那几天咱妈的情绪不会出问题,假如出问题,我根本无暇招呼你的那些朋友。"

二哥掂量了一会儿,说:"这次妈吃八院开的药,看起来挺稳定,应该不会有问题。"

"那就听你的吧。"

长期以来,在我和二哥的相处中,我从来没有对他提议的任何事情表示过强烈的反对,对于不妥的提议,我顶多发表一下看法,假如他继续坚持己见,我会选择听从。这种看似融洽的兄弟关系,一直维系到 2019 年 5 月,终因一件事情而"破裂"——那是我第一次强势地捍卫自己的原则及立场,也是我第一次跟二哥闹翻。当然,此乃后话。

却说那天回到家里,我向爱人说起该事,爱人担忧地说:"你既要招呼二哥的朋友,又要照顾妈,还有我们娘儿俩……要不,我和娃就不回去了吧,尽量减轻你的压力。"

"没事儿,难得一个假期,回去放松一下吧。"说这话时,我心里在想:我怎么能为了外人而委屈最亲的人啊。

然而,爱人像是铁了心,无论我怎么说,就是不愿回去。

恰好第二天,岳母因想念她的外孙女,给爱人打来了视频电话。闲聊中,岳母问爱人这个清明假期怎么过,爱人如实告知,岳母听罢,十分干脆地说:"你带宝贝回武汉住几天吧。"

于是,2014 年 3 月 29 日,爱人带着女儿回了武汉,我则在

4月2日那天，带父母回了老家。

4月5日是清明节。4月3日晚上，我在朋友圈里写道：

> 后天清明，十几位朋友想来老家吃农家饭、睡农家觉、喝农家酒。我先行回来清扫寒舍，无奈老井已不能使用，去邻家挑了二十挑水，洗了十条床单被罩，直接累得我腰椎间盘突出，瘫倒歇菜，估计晚上没有八两酒，明天是爬不起来了。

2015年3月31日之前，我从未在朋友圈里透露过关于母亲病情的任何信息，所以当时这段文字给人的感觉应该比较"凡尔赛"，现在带着故事真相再来读它，得到的感受才是真实的感受。

4月3日洗完床单被罩，4月4日开始打扫各个房间，在院子里搭建灶台，去集市采购食材。事情烦琐，时间紧张，我甚至顾不上给父母整吃的，是好心邻居给他们端来了饭菜。

4月5日上午，二哥领着他的朋友大军进入了老家院子。午饭可以简单，我做的是捞面条和大烩菜。晚餐必须丰盛，所以下午二哥带朋友们去山间玩耍时，我没有陪同，而是在家早早投入了晚餐的准备工作。

晚上6点多，晚餐准备了大约三分之二时，我最担心的事情还是发生了：母亲突然情绪失控，焦躁不安地哭泣起来。那时候，二哥的朋友们已经游玩归来——大人们给我打着下手，小孩们在院子里追逐嬉戏，二哥还没有回来，好像是去找放羊人买羊肉。

个别人目睹到了母亲的反常，但都不清楚怎么回事。我也没有向他们解释，只是暂停手头工作，把母亲带进她的卧室，耐心予以安抚。

大概花了半个小时，我终于安抚住了母亲。刚准备继续干活，二哥回来了。他见朋友的老婆、孩子饿得在啃面包而我的晚餐还没有备好，觉得特没面子，冲我发起了火。

我不想让二哥在朋友们面前难堪，故而选择了隐忍。

二哥的朋友们在老家玩了两天。送走他们，我独自爬上宅院后面的小山坡，躺在风化的碎岩石堆上歇息。我仰望着天空中的白云，感受着耳畔和煦的春风，一想到回到郑州又要面对会所的种种吃吃喝喝，忽然心生陶渊明式的逃避情绪。

我对二哥说："山里温度和空气正好，要不我和爸妈在家住一段？"

二哥说："我也是这样想的。刚好会所也不忙，你就和爸妈在家住一段吧。"

跟二哥达成一致后，我马上给在武汉的爱人打电话，说明情况的同时，告诉她不必着急回郑州。恰巧岳母五六月份较闲，也很乐意爱人和女儿能留下来多陪她一段日子。

这正是一年当中春夏交替之际，空气清新，气候宜人，加之母亲情绪大体稳定，我每天无外乎就是做做饭、看看书、干干杂活儿，生活过得相对安适。

不过，这种安适很短暂，也就一个月。

5月10日，我带父母返回了郑州。为何急于返回而不多在家住几天呢？原因有三。

一、母亲的药即将吃完。母亲所服用的治疗抑郁症的药物，某种程度上可以理解为是抑制其狂躁的镇静药物，母亲吃完这些药，虽说情绪有所稳定，但健忘和反应迟钝却丝毫没有减轻——不仅没有减轻，甚至有加重迹象。结合母亲服药半年的感受，我愈发觉得按抑郁症来治疗母亲的疾病有点站不住脚，遂萌生了再去八院换个专家或科室给母亲看看的想法。

二、农村好心人的打扰。2014年，母亲跟人交流实际已经有障碍了，只是大多数人尚无察觉。之所以如此，是因为母亲的三板斧。三板斧意思是：先声夺人，但没有后手。具体到母亲跟人交流，即她的前三句话很贴切、得当，基本没毛病，若再往后深入说，就不行了。无论我还是父亲，心理上都不想让乡邻知道母亲有病，但长时间在老家住，难免有好心人串门找母亲唠嗑。唠着唠着，母亲语无伦次、逻辑混乱等问题便暴露了出来，这时候，好心人就会用无比可怜的眼神瞅着母亲，一声长叹道："唉！你现在咋成这样了？"再看母亲的表情，麻木中难掩颓丧。我一直认为好心人那句话是很伤人的，然而他们却丝毫感觉不到，这大抵就是一些农村人在某方面的认知限制吧。

三、注册公司。会所生意持续低迷，二哥穷则思变，打算注册一个文化传播公司。二哥还是抱着一种先把大旗扯起来再说的态度，至于公司项目及业务，均一片空白。他让我做法人，注册的事情也交由我去办。一如既往地，我选择了听从。

医生说母亲是"老年痴呆"，母亲哭了

我回到郑州的第一件事，就是去找二哥。

我说："妈的药快没了，是去医院再开点接着吃，还是……"

二哥说："你是咋想的？"

"我想带妈去八院换个科室看看。"

"好。"

我又说："这次去八院，我建议你也去。咱俩都听听医生是如何说的。"

几乎没有拖延，我和二哥带母亲去了第八人民医院。

八院共开设有以下科室：精神科、头痛/失眠科、儿童精神科、神经症科、癫痫科、心理咨询科、抑郁症/焦虑症科、老年痴呆症科、慈善救助（防治）科、司法精神病学鉴定所。

上次母亲挂的是抑郁症/焦虑症科，这次我们想换个科室。科室栏里写有"老年痴呆症"，我们却没有挂它，而是挂了神经症科。

其实，这又是一念之差——假如我们挂的是"老年痴呆症"，应该当时就确诊了。

后来我对一念之差这事儿，心里挺有芥蒂。这种芥蒂，具体讲，不是懊悔，而是困惑。

直到2018年，有次我跟一个当医生的高中同学小聚，我说："我有一个困惑。比如八院设有精神科、抑郁症/焦虑症科、老年痴呆症科等，假如你知道自己患的是抑郁症，你肯定会直接去挂抑郁症/焦虑症科；假如你知道自己或家人患的是老年痴呆症，你肯定会直接去挂老年痴呆症科。但是，像我母亲这种情况，那时候不确定她究竟是抑郁症还是老年痴呆症，该怎么选择？"

高中同学笑了笑，尴尬地说："知道自己患的什么病，这类人是奔着治疗去的；不知道自己患的什么病，这类人是奔着诊断去的。诊断没辙，只能碰运气。运气好，直接挂对；运气不好，走点弯路，最终也能挂对。"

他这一番话挺讽刺，却也让我释怀了。

坦诚地讲，造成当时一念之差的，何止是困惑，亦有心理在作祟。我们从心理上不接受母亲会患上这种活得没有尊严的疾病，所以一念之差在所难免。

无论如何，我们仍感到幸运，正是第二次来八院，让母亲的就医之路出现了拐点。

神经症科大夫听完我们的详细陈述，看完母亲所有的病历，欲言又止而终未止地点了一句："建议你们去神经内科看一下，看是不是器质性病变。"

二哥问："什么是器质性病变？"

大夫闪烁其词："只是个建议……你们去看看吧。"

我又问："去咱医院神经内科吗？"

大夫说："咱医院没有神经内科，你们去综合医院吧。"

我和二哥有些丈二和尚摸不着头脑地带着母亲走出了八院门诊楼。二哥性急，他看时间还早，决定马上就带母亲前往距离八院最近的第四人民医院。

我们目的明确地挂了四院神经内科的号。我记得很清楚，为母亲诊病的是一位主任医师，她了解完母亲的情况后，当着母亲的面，张口就说："这就是老年痴呆呀！"

她这一句，一下子把我给整蒙了。

2005年，日本正式将"痴呆症"更名为"认知症"。日本认为，"痴呆"一词含有轻蔑之意，容易被理解为"什么都不懂"，让病人感到不快并从心里厌恶这一用语。

2010年，我国香港地区将"老年痴呆症"更名为"脑退化症"，以体现对患者的尊重。

2012年，我国卫生部正式启动申请将"老年痴呆症"更名为"阿尔茨海默病"，以消除病人的"病耻感"，体现对病人的人文和精神关怀。

以上这些科普知识，是在母亲被正式确诊为阿尔茨海默病之后，我才学习到的。换言之，在母亲被确诊为阿尔茨海默病之前，我只狭隘地认为阿尔茨海默病是老年痴呆的学名，老年痴呆是阿尔茨海默病的俗称。即便如此，这并不妨碍我能从直观上感觉到"痴呆"是个具有歧视性的词语。

我明白，阿尔茨海默病确实比老年痴呆佶屈聱牙。2012年我国医学名词审定委员会专家也承认阿尔茨海默病的规范使用"还需要一个过渡，就好像汉字的简化字和繁体字一样，使用需要一个过渡"，甚至，我对八院（其实远不止八院）专科栏里依然使用"老年痴呆症"而非"阿尔茨海默病"也表示出一定理解。

但这显然不能成为一个专业医生可以"伤害患者"的借口。医学名词审定委员会专家说，实现"老年痴呆症"到"阿尔茨海默病"的更名所需的过渡，需要医务人员、新闻媒体人、出版人员等各行业从业者做大量科学普及工作。我一个非医务人士尚且意识到当着患者的面说痴呆不妥，而四院这名主任医师却意识不到，这让我感到很气愤。

当这名主任医师说母亲是老年痴呆时，母亲站了起来，嘴里嘟囔着就往诊室外面走。

我在这边劝拦着母亲，二哥则在那边小声向医生表达着一些疑问。医生不等二哥说完，就武断地说："不管检查不检查，你妈这就是老年痴呆！"

那声音异常刺耳。我有些受不了，便叫二哥走。而医生仿佛没注意到我的反应一样，言辞赤裸地道："你们这得住院。住吗？住的话，我现在就开住院证。"

二哥说："先不住，我们考虑一下再说。"

出了诊室，我忍不住说："真差劲，一点都不注意病人的感受！"

二哥也很生气："是的！"

告别四院，一上车，母亲便哭出声来，边哭边说："我是老年痴呆啊。"

我安慰母亲："那个医生就是个骗子，你别听她瞎扯！"

然而，无论怎么劝都无济于事，母亲哭了一路，也念叨了一路。我的心情压抑到了极点——二哥想必也是如此。

正式确诊

四院事件以后，我们心里默认了母亲是阿尔茨海默病。但我们没有马上再带母亲去其他医院就医。一方面，那种感觉很难形容，就像是你苦苦求索，只为寻找一个答案，忽然有一天，这个答案——阿尔茨海默病——被找到了，你却又茫然无所适从起来：阿尔茨海默病该怎么治？哪家医院擅长治？另一方面，我们对母亲遭受歧视性语言顾虑重重，万一四院事件再上演怎么办？毕竟我们不清楚究竟哪家医院的哪个医生会在意患者的感受。

那段时间，会所基本处于一种半死不活的状态，而我除了忙注册文化传播公司的事儿，便是陪母亲。

一旦从心理上接受了母亲是阿尔茨海默病这一事实，怜悯便油然而生。我像照顾孩子一样照顾着母亲：晚上敦促她睡觉，夜里起来好几次看她是否在游逛，早上监督她刷牙洗脸，白天带她下楼散步，甚至每天购物买菜也都会带着她。唯一我照顾不了的，是母亲洗澡。由于爱人尚在武汉，我只能每隔七八天让二嫂过来一次帮她洗澡。

至于母亲的药物，停用了之前的，新用了吡拉西坦片。这个吡拉西坦并非医生推荐，而是二哥根据从他处听来的案例用药自行在药店购买的。它的适应证栏这样写道：适用于急、慢性脑血管病、脑外伤、各种中毒性脑病等多种原因所致的记忆减退及轻、中度脑功能障碍。该药母亲吃了将近三个月，若说效果，我觉得是一点都没有。

2014年7月5日，爱人和女儿在武汉住了三个多月后，终于重新回到了郑州。彼时女儿已经一岁八个月大，不仅对周围环境充满了好奇，而且越来越有探索意识。母亲的种种异常行为无疑勾起了女儿的好奇心，致使女儿频频去找母亲玩。而母亲对女儿的态度忽好忽坏，好的时候，也会哄女儿开心；坏的时候，则把女儿呵斥得要么放声大哭，要么一愣一愣的。

我觉得这不行，为了女儿的心理健康，必须隔开二人。怎么隔？想来想去，只想到一个法子：把母亲带到会所去。

会所因没生意而终日屋门紧闭，里面有床有沙发，是个理想的隔离之地。每天上午和下午，我都会带母亲到会所待上一阵子。通常一进去，我会先强行让母亲去床上休息，然后自己一头倒在茶台旁边的罗汉榻上呼呼大睡。

自打停用含有镇静成分的治疗抑郁症的药物以后，母亲又开始了夜游，这种情况导致我和她睡眠都严重不足。所以我想着，带她来会所也好，毕竟会所安静，在没有外界干扰的情况下，偶尔她也能睡上一会儿。即便她不睡，也没关系，会所密闭而又安全，我可以放心地任其自由活动，自己好好补上一觉。

每每我从罗汉榻上醒来，无论是看到母亲仍在客房的床上熟睡，还是看到她不知何时就已下床在会所里漫无目的地走来走去，我心里都会涌起逃避式的念头：实在有点累了，如果生活无法改变，索性就这样苟且偷安吧。躲在这里，至少没有外界纷扰，至少能睡个饱觉，至少可以假装世界上只有我和母亲，然后守着她，看着她一天天变老。

其实，这样的念头与其说是逃避，不如说是颓废或麻木。因为我不止一次地躺在罗汉榻上想起了闰土，想起了骆驼祥子。鬼知道我为什么会想起这些。我本应该想《牛虻》、想《老人与海》、想《钢铁是怎样炼成的》才对，可我偏偏想不起来这些。说到底，还是我内心不够强大，让残酷的现实控制了自己。

当我像鸵鸟一样把头埋在沙子里得过且过时，二哥却按捺不住了。

那是 2014 年 8 月 24 日下午，我在会所罗汉榻上睡得天昏地暗，二哥两个小时内打了五个电话才把我震醒。时隔多年，我依然清楚记得我们之间的对话。

二哥："怎么才接电话？"

我："太困了，没听见。"

二哥："妈在干啥？"

我抬起昏沉的脑袋看了看："闲逛。"

二哥："昨晚妈睡得咋样？"

我："基本没咋睡。"

二哥："这不行。这样下去，你俩身体都会熬垮——我想想，再打给你。"

二哥"想想"的结果是：还得带母亲去医院。

25 日上午，二哥拿着母亲所有的医学检查资料，只身一人去了第一人民医院神经内科——之所以只身一人，当然是怕母亲再次遭受"痴呆"一词的刺激。在母亲不在场的情况下，坐诊大夫（神经内科主任）依据资料及二哥口述，初步判断母亲为阿尔茨海默病。

下午，母亲住进了第一人民医院神经内科第二病区。在这里，我遇见并结识了母亲的主治医生 W 大夫。

W 大夫三十多岁，职业素养非常高。他说话很注意环境，几乎没有当着母亲的面谈论过母亲的病情——即便有，措辞也格外隐晦。他甚至还反过来提醒我和二哥："不要当着阿姨的面说老年痴呆，非得说，就说阿尔茨海默病，这个词儿她听不懂。"仅凭这一句，便足以使我在心中瞬间升起对他的好感与敬重。

另一个体现 W 大夫职业素养高的，是其对待病人家属的态度。通常，病人家属对病人的病因、病情、病症都充满了求知欲，他们无不渴望医生能像好老师对学生那样，既有条理又有耐心地将一切解释清楚，可现实中给人的感觉是：这样的医生似乎总是格外稀少。不过，我很荣幸，遇到了"稀少"的 W 大夫——他面对我的所有问题，永远都是不厌其烦地给予解答。

通过 W 大夫，我消除掉了两个最大的疑惑。

先说第一个疑惑。

母亲住院后又做了一次核磁共振检查，报告单显示为：脑白质脱髓鞘、脑萎缩。W 大夫看完片子和报告单，很明确地对我说："这就是阿尔茨海默病。"

我问 W 大夫："早前我妈在中医药大学第一附属医院做核磁共振，报告单上写的是'脑白质脱髓鞘'和'轻度脑萎缩'——为什么当时没有被判定为阿尔茨海默病？"说着，我从袋子里翻出资料，递了过去。

W 大夫看完资料，说："这是 2011 年 4 月份做的核磁共振，距今已经三年多了啊。"

"是的。"

"三年多的时间……"他顿了顿，"早期阿尔茨海默病其实是很难确诊的，难就难在没有标准。什么是标准？比如我们查胃病，查出了息肉、肿瘤，经过活检，或良性、或恶性，这些都是标准；再比如我们查乙肝，几个'＋'、几个'－'，这也是标准。但早期阿尔茨海默病没有标准，你不能把病人迷路几次、骂人几次、失眠几次作为标准，也不能把医学检查脑白质脱髓鞘作为标准，'脱髓鞘'属于影像学改变，这种改变只能起预示作用。三年多前的核磁共振结论，结合当时阿姨健忘的临床症状，应该可以判定为早期阿尔茨海默病，但当时医生为什么没判定？只能说人性复杂，医生想的也多。

"再聊聊脑萎缩。脑萎缩是什么？我们拿核桃作比喻，新核桃一定是饱满的，陈核桃一定有不同程度的萎缩，这就像人的大脑，年轻时候一定是饱满的，当上了年纪，随着器官衰老，不管有病没病，都会出现不同程度的萎缩。所以，单纯的脑萎缩也不能作为标准，更何况三年多前的诊断结论是轻度脑萎缩。现在，我们要锁定脑萎缩中的关键，这个关键就是海马体。海马体是负责记忆的，这一块儿出现萎缩，就很能证明问题了。"

说到这里，W大夫扬起了手中的片子："你看，这一块就是海马体，萎缩相当严重。"

我凑上去看了看。说实话，我是看不懂的，但我心里相信W大夫的话。

接下来，W大夫总结道："总而言之，判断阿尔茨海默病，一看临床，二看检查。两方面结合看，阿姨就是阿尔茨海默病，而且已经接近中期。"

我严肃地点了点头，表示认同。

第二个疑惑。自从四院事件以后，我开始更多地关注并了解阿尔茨海默病，知道这是一种不可逆转的疾病。面对 W 大夫让母亲住院一段时间，接着回家药物治疗的建议，我忍不住问："既然这病不可逆转，那么住院和吃药的积极意义何在?"

W 大夫回答："阿尔茨海默病确实是一种无法逆转的疾病，但通过合理药物干预，可以起到调控患者精神状况、延缓疾病发展进程的作用，同时减轻家属的护理压力。如果不加干预，患者就会像是一盏油灯，在精神错乱、昼夜不眠中耗干所有能量后，人死灯灭。而家属，在面对患者折磨时，也很难始终保持一颗强大的心，不崩溃则已，一旦崩溃，轻者抑郁，重者自杀——这些，我身边是有案例的。

"刚才你问的是积极意义，我回答里用了合理药物干预；'积极'对'合理'，若去掉'积极'，药物干预有时候也会变成一种'罪过'。"

"这个……该怎么解释?"我问。

"阿尔茨海默病旧称老年痴呆，但它并非我们想象的那样——病人又痴又呆，不找事儿——错了! 健忘、失眠、焦虑、狂躁、妄想、精神分裂……都是阿尔茨海默病患者常有的临床症状。作为医生，我们肯定希望根据患者不同发展阶段所呈现出的不同症状，合理给药，既能达到调控患者精神状况的目的，又能维持患者应有的尊严。然而有时候，有的患者会产生耐药性，有的干脆就对合理给药没有任何反馈，该打骂人照样打骂人，该砸东西照样砸东西，在这种情况下，只能加量给药或更换副作用更大的猛药。加药或换药后，患者确实不怎么找事儿了，家属也在一定程度上解脱了，但患者却真的变得又痴又呆，出现走路不稳、摔跤、大小便失禁等等，试问尊严何在？"

当 W 大夫说到这些时，我沉默了。

"那么不吃药、不治疗，患者是不是就可以保住尊严了？未必！"W 大夫说，"这种情况大多发生在农村。农村哪一家出现了阿尔茨海默病患者，除非这家很有钱、配偶不冷漠、子女很孝顺，否则患者就不是活得没尊严，而是死得没尊严——要么走丢，死在外面，要么被家人锁在屋里，饥一顿饱一顿，最终渴死、饿死、冻死。如果从这个角度分析，是不是患者住院、吃药的积极意义就变得更大一些了呢？再换种角度分析，这也说明了为什么阿尔茨海默病患者有的撑不了三五年，有的却能撑十年以上。"

W 大夫所言给我的感觉只有两个字：沉重！

阿尔茨海默病的病因及治疗的几种药物

其实，我向 W 大夫抛出的是三个疑问，他只回答了前两个，关于第三个——阿尔茨海默病的病因——他也解答了，但并没有完全解开我的疑惑。

W 大夫说："阿尔茨海默病的病因，迄今不明朗。探索研究主要集中在这几方面：遗传、脑外伤、中毒等。"

W 大夫的解答很笼统，我想他应该不是故意的，大概觉得给患者家属讲这个，浅显易懂即可，没必要搞得像学术探讨那样。

但于我而言，写这本书的目的，除了情感意义，还有社会意义，即希望能够给和我一样不幸的阿尔茨海默病患者家庭带来一些参考。所以我特意花精力去研读了医学资料，捋出一些思路，就我认为的阿尔茨海默病的病因，深入浅出地和大家聊一聊。

多数医学资料都将阿尔茨海默病的病因归结到一种叫作"β-淀粉样蛋白"的有毒分子上。1906 年，德国神经病理学家阿尔茨海默在他的一个老年痴呆患者的大脑尸检过程中发现了异常斑块。1984 年，科学家在阿尔茨海默病患者的大脑中发现了 β-淀粉样蛋白，随后学界在 β-淀粉样蛋白和阿尔茨海默病之间建立了联系，普遍认为是 β-淀粉样蛋白在大脑神经元连接处沉积，凝结成斑块，导致突触传递功能受阻及损伤，进而引发了阿尔茨海默病。

逻辑似乎很清楚，罪魁祸首是 β-淀粉样蛋白。但 β-淀粉样蛋白是怎么产生的？关于这点，相当多的医学文献都没有给出很好的答案。最终我在美国医学专家戴尔·E. 布来得森所著的《终结阿尔茨海默病》一书中，读到了让我觉得比较详细和具有一定参考价值的理论。

戴尔·E. 布来得森认为，是一种叫 APP（淀粉样前体蛋白）的分子，裂解出了有毒分子 β-淀粉样蛋白，而向 APP 发出裂解指令的，则是 ApoE4（载脂蛋白 E4 类）基因。①

ApoE4 为什么会向 APP 发出指令让其裂解 β-淀粉样蛋白？戴尔·E.布来得森认为跟"炎症、大脑营养因子缺失、毒素接触"有关。②

戴尔·E.布来得森这套关于 β-淀粉样蛋白产生的理论，是他及其团队从 1989 年起，历经二十多年，研究出的成果。在此之前，大多数科学家都只是把目光聚焦在了 β-淀粉样蛋白身上，他们认为：既然 β-淀粉样蛋白是造成阿尔茨海默病的罪魁祸首，那么能不能研发出一种药物来清除掉它呢？

于是，几十年来，科学家们发明了上百种试图清除大脑中 β-淀粉样蛋白的药物，这些药物有的在动物实验中效果很好，但在临床试验中却从来没有见效过——不仅没有见效，甚至还造成了一些患者病情恶化或者死亡。

看来，清除 β-淀粉样蛋白短时间内是很难实现的。

目前，经 FDA（美国食品药品监督管理局）批准用于治疗阿尔茨海默病的药物有五种，但在全世界最受认可的只有两种：安理申（盐酸多奈哌齐片）和易倍申（盐酸美金刚片）。

安理申是日本 1997 年研发出来的药物，其功能是抑制胆碱酯酶对乙酰胆碱的分解。乙酰胆碱是大脑内的一种神经递质，负责在各个神经元之间传递信息，而研究发现，在阿尔茨海默病患者脑中，乙酰胆碱的含量明显减少，当使用安理申后，患

① 戴尔·E.布来得森著，何琼尔译：《终结阿尔茨海默病》，湖南科技出版社，2018，67—71 页。

② 戴尔·E.布来得森著，何琼尔译：《终结阿尔茨海默病》，湖南科技出版社，2018，23 页。

者脑内乙酰胆碱的含量便会有所增加，从而促使信息传递恢复到较为正常的状态。安理申适应证为轻、中度阿尔茨海默病的治疗。

易倍申是德国 1989 年上市的药品，在欧洲知名度很高，直到 2012 年才进入中国市场。它通过阻断谷氨酸浓度病理性升高，减少其在神经元激活时产生的毒性，从而达到保护神经元的目的。易倍申适应证为中、重度阿尔茨海默病的治疗。

写到这里，顺带着"插播"一种新药：九期一（甘露特钠胶囊）。这是我国自主研发的药，2019 年 12 月 29 日（国内）上市，价格极其昂贵，按患者同疗程服药经济开支算，大约是安理申和易倍申的四到五倍。其药理是：以海洋褐藻提取物为原料，制备获得的低分子酸性寡糖化合物，通过作用肠道菌群，以达到改善轻、中度阿尔茨海默病患者认知的目的。由于该药上市时间短，所以临床反馈数据比较有限。

戴尔·E.布来得森及其团队，从β-淀粉样蛋白产生的原因入手，研发出了一套 ReCODE 个性化治疗程序，宣称通过 Re-CODE 个性化治疗，不仅可以预防阿尔茨海默病，还可以逆转患者的认知衰退。

戴尔·E.布来得森的个性化疗法究竟有没有用，不得而知。他的这部医学著作，英文版 2017 年才问世，中文版在 2018 年翻译出版，尽管他在书中列举了不少成功案例，但毕竟眼不见难为实。我初读该书是在 2019 年（二哥买了一本），复读该书是在当下（女儿一年级同桌的爸爸赠送我一本）。假如可以"穿越"，我很愿意像电影《你好，李焕英》那样，携带这套个性化治疗程序回到十年前，"逆转"母亲试试。

说穿越只是个玩笑，开完玩笑，还是要规规矩矩地聊现实。现实就是，母亲住院并接受了药物治疗。

刚才提到，目前全世界最受认可的两种治疗阿尔茨海默病的药是安理申和易倍申。那是不是说，患者只要服用了二者之一，其他药物都不用吃了？答案是否定的。因为安理申或易倍申的主要功效体现在改善认知上，而对于失眠、抑郁、狂躁、精神分裂等症状，还必须辅以其他药物来解决。

以我母亲为例。由于母亲被 W 大夫判定为"接近中期的阿尔茨海默病"，所以在用药上，W 大夫采用了易倍申，同时由于母亲伴随有夜游、情绪波动症状，W 大夫又增加了强制休息的安定片和针对抑郁的米氮平。

"易倍申+安定片+米氮平"的这种组合，母亲从 2014 年 8 月一直服用到 2015 年 4 月。

2015 年 4 月，母亲的情绪波动由抑郁转向精神分裂，在 W 大夫的建议下，我将治疗抑郁的米氮平替换成了治疗精神分裂的奥氮平。当奥氮平控制不住精神分裂时，又更换成了利培酮。

当"易倍申+安定片+利培酮"这种组合用到母亲身上时，前面 W 大夫所言的那种症状——"有时候，有的患者会产生耐药性，有的干脆就不认合理给药那一套，该打骂人照样打骂人，该砸东西照样砸东西，在这种情况下，只能加量给药或更换副作用更大的猛药。加药或换药后，患者确实不怎么找事儿了，家属也在一定程度上解脱了，但患者却真的变得又痴又呆，出现走路不稳、摔跤、大小便失禁等等。"——便出现了。

我想放弃城市生活，举家回到农村

当人生中有些事情没有一个清晰定论的时候，你往往无法定方向、下决心、付出实质性的行动，生活仿佛被牵着鼻子走，浑浑噩噩、束手束脚、虚应故事——这便是我 2010 年 10 月至 2014 年 8 月间的生活状态——由于母亲病情的未知，一切都跟着变得迷茫。

2014 年 8 月，母亲被确诊为阿尔茨海默病。大抵是有了长久的铺垫，确诊一事给我的打击，并不像晴天霹雳。我的心情较为平静，甚至还有点"新生"的感觉——如同一个国家结束了旷日持久的战乱，接下来所面对的无非是百废待兴。

母亲一共住了七天院。这七天，一方面是输一些诸如奥拉西坦、胞磷胆碱钠、脑蛋白水解物之类的保健性液体，一方面是观察口服药易倍申+安定片+米氮平是否会出现副作用。

七天里，我围绕日后的生活，思考了很多。思考到最后，一种想法从心中萌生，然后逐渐变得坚定，那就是：放弃城市生活，举家回农村去。

这是一个匪夷所思的抉择。是啊，当初费了那么大的劲儿把父母接到城市，现在却要开历史的倒车，究竟为何？

当初之所以把父母接到城市来住，一是受我们那里观念影响，如果孩子走出了农村，不把父母接到城里享福，必会遭人戳脊梁骨;二是城市生活便捷、医疗发达,更有利于母亲的就医和康复。

"一"属于面子,"二"属于实际。面子就不说了,重点说实际。如果之前接父母来城市是为了方便母亲的就医和康复,那这次"确诊"则意味着,如无特殊情况,母亲以后大概也不需要去医院了,剩下的只是服药和护理而已。

如果仅仅是服药和护理,显然农村环境会更好一些。在城市,母亲终日待在一百二十三平方米的混凝土房屋里,没有劳动,没有娱乐,没人聊天,像坐牢一样,生活缺乏生机,大脑势必退化得更加厉害。更重要的是,我无法直视她身体和灵魂都被困住的孤独、可怜模样。

说到这儿,也许有人会抬杠:"前面你不是说过,4 月份在老家住了一个月,之所以急着回郑州而不多待几天,其原因之一是村里好心人的干扰——他们看似同情的语言实则对母亲是一种伤害。那你现在再回去——而且是彻底告别城市生活,举家回去——难道就不担心干扰的问题了吗?"

担心,怎么会不担心呢。可我认为这两种情况是有区别的。

4 月份那次,是母亲还没有被确诊。既然没有被"确认",我们便心理上自欺欺人地认为母亲没问题,既然没问题,也就无法接受好心人对母亲"圣母"式的同情。

而 8 月份这次,母亲已经确诊了。既然被确诊,也就没有必要再遮遮掩掩,人生有些事,该面对迟早要面对,早面对早释然。

事物都是发展变化的,当时的我根本无法预测未来会发生什么,就像 2010 年刚回到郑州时的我无法预测后面四年会发生什么一样。这从侧面预示了我的抉择难以经受未来未知因素的考验，后来发生的事实也恰恰证明了这一点。

以上是围绕着母亲阐述此次抉择的原因，至于另一方面原因，则出在我身上：我累了，想逃离城市，用田园来治愈自己。

如果母亲的病没有确诊，尽管我已经很累，尽管我已经麻木得像闰土或骆驼祥子，可我还是会硬扛着继续待在郑州。但母亲的确诊，带给了我新的思考。

母亲的余生，将在服药和护理中度过。而无论在哪里，护理都是我的重任。在郑州，因为"二十四小时"护理，我无法上班、无法写作、无法创造经济价值、无法娱乐、无法陪伴妻女、无法旅游……同时睁眼闭眼都是开销，如果是这样，继续待在这座城市里又有何意义？倘若回到农村，至少我不用将母亲关在混凝土建筑里、不用寸步不离地盯着她、不用担心她走丢，至少我可以耕点田、种点菜、偷点懒，躺在田间地头望着蓝天白云发发呆，至少可以让女儿在大自然的怀抱里成长，至少可以将生活开销降到最低……

如此多的"无法"和"至少"，让我铁了心要逃离城市，仿佛它已令我无法呼吸。

方向定了，决心下了，只剩付诸行动。而付诸行动需要我过五关斩六将——分别征得爱人同意、二哥同意、父亲同意、岳父母同意。

说是过五关斩六将，其实这里面的二哥和父亲算不上关卡，只要我说出打算，他们应该都会同意，即便不同意，我也会坚持自己的打算，毕竟是我在护理母亲，他们没有太多理由阻拦。

真正的关卡在爱人和岳父母这里。对他们，我不能刚愎自用。这些年，我一直觉得亏欠他们太多。况且这次是举家回农村，这意味着什么？意味着我要重新做农民，意味着从小在城市里长大的爱人要跟着我做农民。多年以后，每每忆起此事，我都会为自己的自私感到羞愧，但在当时，我却像入了魔一样，丝毫顾及不到其他。

我是这样想的：把计划告诉爱人，如果爱人同意了，就让她去做岳父母的工作；如果爱人不同意，这事儿就算了，我们继续在城市里生活。

给爱人说完打算，爱人问："这一回去，我们就要当农民了？"

我说："是的。"

"孩子明年就要上幼儿园了，怎么办？"

"就在村里上。"

爱人没再说什么。三年后，她才告诉我心里话："其实我永远都更喜欢城市生活，但那时候不答应你，我怕你抑郁。"

见爱人同意了，我便让她去跟岳父母沟通。爱人说："沟通不沟通无所谓。据我对我爸妈的了解，我们的生活我们自己做主，只要我们达成一致了，他们不会干涉。"

我说："姿态还是要有的。关键是，该让他们知道咱妈这病的真相了。"

爱人想了想："我们还是先回老家，安顿好了，再告诉他们吧。"

爱人很淡然，我也就不再多想。而事实上，她的淡然里隐藏着担当——不想让岳父母为我们的生活感到忧心。

过了爱人这一关，二哥和父亲那里几乎也没什么障碍。

再看母亲，住院期间并无情绪过激现象。她早就将四院大夫说她是老年痴呆的事儿给忘得干干净净，甚至不知道为什么我要带她来住院。无论输液还是吃药，母亲总会问："这治啥的?"我说："舒筋活血，强身健体。"母亲也便信了。

于是，还没动身，我就已开始在脑海中畅想田园生活了。

爱人在老家水土不服

2014年9月2日，母亲出院。9月3日，我和爱人收拾行李，该打包打包，该封存封存。9月4日早上，我断掉水电，锁好门窗，携父母、妻女告别郑州，回了老家。

怎么回的? 开车。

在郑州生活的这四年，我没有车。一是不上班，没公务，没必要买车；二是就算要上班，有公务，也没钱买车。二哥有辆价值十多万元的丰田车，实在有事，我会借他的车用，即用即借，用完即还。

但这次情况特殊，我要彻底告别郑州，返乡过田园生活。一是车辆开回老家去，怎么还? 二是我长久在老家生活，万一哪天需要用车，怎么借?

二哥说："车留在老家你用吧，我再买一辆。"

我说："好。"

由于车子太小，全家行李不可能一次装完，只能拣应急的带，剩余的，日后再想办法分批转运。

再说说老家。

老家属于山区农村。宅子不在村中央，位置稍偏。起脊土坯房，正房四间，南北厢房各两间，四合院结构，没有围墙。我们兄弟三个就是在这样的宅院里长大的。

自从2010年10月父母到郑州以后，由于久无人居，宅子渐呈败落之象。其间我们尽管时不时也会回来，但基本都是小住，所以便不可能有心思或精力去改善它的面貌。

宅院里的草，经历夏天的疯长，到秋天往往有一人多高，几乎密不透风。这次回来，光是清理杂草，差不多就用了两天。

还有，院里的压井，因为故障压不出水来，洗衣做饭只能暂时去邻居家里挑水。正房的后墙体，在恣意生长的杂木荆棘与风雨合力侵蚀下，变得坑坑洼洼、触目惊心。北厢房的后墙角没能扛住夏季暴雨的肆虐出现了坍塌，南厢房的坡瓦也因暴雨冲刷出现了不同程度的退滑。灶房烟囱被村里的淘气包塞满了垃圾而无法排烟，卫星电视接收器也被砸了个大窟窿导致无法看电视等等问题。

在我眼里，这些都算不上困难，只要先把父母妻女安顿好，烂摊子可以一点一点地收拾。

父亲是不用安顿的。虽然他腰不好，但他可以管好自己。

母亲出人意料地让我感到欣喜，她一到老家就钻进了宅院旁边的栗树林，并很快捡回了一大捧板栗。

这片栗树林是父亲十五年前种下的，秋季打板栗曾经是母亲最爱做的事情，她会把收获的板栗分成三份设法保存下来，瞅准机会将其送到我们兄弟三个的手中。近几年母亲在郑州住，家里板栗基本都让村里人给打了去，但树上终归有残留。这些残留的板栗从炸裂开的刺壳里脱落出来，掉在地面上，滚入枯叶中，它们逃过了村里人的眼睛，却躲不过母亲的火眼金睛，一个个都被扒拉了出来。

连续半个月，母亲每天都要去栗树林好几趟，每趟都有收获，多则口袋里装不下，少则手心里三五颗。如此执着，最后居然攒了一大盆板栗。

每次捡板栗回来，母亲都会骄傲地向我展示她的劳动成果。看着她骄傲的样子，我觉得生活真是美好。

在捡板栗的间隙里，母亲偶尔也会围绕着宅院去清理一些碍事的杂草、捡拾一些做饭用的柴火。她仿佛沉浸在自己的世界里，乐此不疲。然而我知道，这哪里是乐此不疲，分明是积年累月的劳动所留下的惯性痕迹。

母亲只在房前屋后活动，不再像前些年那样喜欢串门。邻居倒是会过来串门，母亲也会高兴地向他们打招呼，坐下来聊天，但要不了多久就起身忙自己的事情去了。在邻居眼中，母亲显得既正常又不正常。我坦率告诉他们母亲得了什么病，他们除了唏嘘，并没有多说什么。

母亲一直按标准在服药。由于服药时间不长，所以想要看到立竿见影的效果也不实际，但细微效果确实存在，这具体表现在睡眠上。

父母虽同居一室，却是分床而睡的，父亲的床靠近后墙，母亲的床贴近窗户。我在父母卧室里装了一盏小夜灯，既方便他们起夜，也方便我站在宅院里随时隔窗探察母亲的睡眠状况。每天晚上，我都会监督母亲入睡，尽管母亲入睡很困难，会屡屡折坐起身子并在床上摸摸索索，需要我隔窗反复"命令"才会躺下。但只要真正躺下，她基本能够一觉睡到天亮，即便起夜——房间角落里放有尿桶——她也会快速方便完就回床上继续睡觉。

以上是父母的安顿，妻女又如何呢？

女儿还好，似乎很适应农村生活，跟住在城市一样无忧无虑。

爱人情况不太妙。刚到老家第一夜，她身上就莫名其妙地冒出好几个包，又红又肿又大又痒又疼，我起初以为是蚊子作的孽，但加强了防蚊措施后，第二天又新增七八个包。我开始怀疑是床上出现了跳蚤或臭虫，可爱人却说："为什么跳蚤或臭虫不咬你和女儿呢？"

问题很怪。但不管怎么怪，我认为一定是有东西在咬爱人。为了消灭这种东西，我先把床单被罩拿出来暴晒，又对屋里进行彻底消杀。原以为这样可以了，结果还是不行。

短短半个多月时间，眼睁睁看着爱人身上的包从个位数增加到百位数，我有些不淡定了。那天晚上，我在正房陪护完母亲睡觉，回到南厢房，看到女儿已经熟睡，爱人正在一边往身上抹药一边暗自抽泣。我沉默了一会儿，对她说："你别跟着我受罪了，明天我就去县城火车站买票，送你和娃回武汉。"

爱人说："怎么会这样……"

我说："别说了，你的命更重要。是我太自私。"

每天固定有一列绿皮火车途经老家县城抵达武汉。9月23日上午，我驱车赶到火车站，通过售票窗口很幸运地买到了一张硬卧票，下午，我将妻女送上了火车。

　　送完妻女，我在车里呆坐了半个多小时才回家。我明白，从我决定送妻女走的那一刻起，我的田园生活计划便宣告失败了。

隐而难宣的人生新规划

　　在送妻女去县城火车站的路上，爱人问我："关于下一步生活，你有什么计划吗？"言外之意：难道我们夫妻就这样一个待在南方城市、一个待在北方农村无限期地分居下去吗？

　　我当下给不出答案，只能说："你给我点时间，容我好好想想。"

　　当天晚上，我难以入睡，坐在床头，抽了不少烟，也喝了不少酒。我一直在想，接下来该怎么办？

　　这是一个相当严峻的问题。

　　爱人的体质适应不了北方农村的生活——即便适应，我也决不会再让她回来了。某种意义上说，爱人这次被虫咬是件好事，它咬醒了我，不仅让我看到了自己的自私，也让我明白了自己不可以这么自私。

　　爱人不回来，就意味着要长期滞留武汉。长期滞留武汉，就意味着我们这个小家庭要破裂。即便名义上不破裂，感情上呢？

　　所以，要巩固婚姻和感情，就得重新对人生做出抉择。

如何抉择？重回郑州吗？重新回到原来的生活轨道上去？

但原来的轨道弊端累累，压抑而又窒息，无论多么努力，都看不到人生的方向。而看不到人生方向的生活，又如何能够成为婚姻的保鲜剂？

仿佛有个声音在问我："你想重回郑州吗？"

我回答："不想。"

声音又问我："那该怎么办？"

我回答："不知道。"

苦苦思索了六天，到 29 日，我硬是想出了一套人生新规划。

我给爱人打电话，说："这边妈的真实情况，你跟你爸妈都说了吗？"

爱人："没细说。"

我："怎么不细说？"

爱人："我在等你的计划。"

我叹了口气："计划出来了，你得在武汉住半年。"

爱人："半年？"

我："是的，请你给我半年时间，我会处理好一切。"

爱人："能告诉我你的详细计划吗？"

我："现在没办法告诉你。我只能说，请你相信我。"

爱人："好，我相信你。"

我："把这边妈的真实情况都告诉你爸妈吧，跟他们说，你需要在娘家住半年，半年后，我把你接走。"

爱人："行，既然要在武汉留半年，我能不能先上个班？多少赚一点，总比不赚强。娃大了，马上两岁，我妈可以带她。"

我："可以。国庆节后，我让人去郑州家里，把你求职需要的证书寄过去。"

说明一下，爱人本科学历，生物工程专业，毕业后在 2012 年考取了西医执业药师证，又在 2017 年考取了中医执业药师证。当时是 2014 年 9 月，爱人凭借她的本科学历和西医执业药师证，在武汉可以轻松找到一份月薪 5000 元的工作。事实也正是如此，爱人收到证书后不出一星期，便在家门口谋得了一份月薪 5000 元的工作。

那么，我的人生新规划究竟是什么？其实说出来一点也不新颖，就是找个保姆替代我，把我给解放出来。但当时我却无法对爱人明说，因为新规划能否实施，取决于母亲的身体状况和精神状况是否稳定。

如果母亲状况不稳定，依然夜游、出走、骂人、找事儿……各种折腾，无论薪酬再高，也不可能找到保姆。没有保姆愿意接这活儿。即便找到了保姆，我们也不放心，毕竟对于如此"折腾"的患者，恐怕只有亲人才能做到克制或者耐心——而且这话也不尽然，否则便不会有"久病床前无孝子"这句话了。

母亲状况稳定与否，要看药物易倍申+安定片+米氮平的功效。W 大夫说："服药一个月，可以看到轻微效果；服药三个月，可以看到显著效果；服药半年，可以看到稳定效果。"

所以，我必须等半年。也许有人会说："你这不是赌嘛，万一过了半年，老母亲依然不稳定，你该如何向爱人兑现承诺？"

是赌。人生的每一次规划或抉择，何尝不是赌呢！那时候的我，除了赌，别无选择。

另外一个无法对爱人明说的原因是：即使半年后母亲能够保持稳定，也不意味着可以立马找保姆了——还要和父亲与大哥、二哥商量。

受传统观念影响，无论父亲还是我们兄弟，潜意识里都没有请保姆的想法。父亲可能觉得：我养了三个儿子，到头来却要请保姆，这人生也太失败了。我们兄弟可能觉得：如果弟兄三个连一对父母都照顾不了，那传出去也太丢人了。

我个人是这样觉得的，至于父亲及二兄会不会这样想，则属于我的揣测。

恬静的生活，隐隐的忧虑

妻女走了，思念，以及由思念所引发的对未来生活的种种考虑是难免的。但我告诫自己：最好什么也不要想，只认认真真地和父母在老家先生活上半年再说。

一个人一旦心静下来了，也就不会有什么烦恼了。除了给父母做一日三餐，我决定好好改善一下老家的居住环境。

国庆节二哥回来了一趟，我们先一起把正房后面的杂木荆棘给伐了个干净。等他走了以后，我开始着手修宅院里的压水井。

这井是 1988 年母亲凭一己之力建设成的，也是当时整个村子里的第二口压水井。

推测母亲当初打井的动机，应该是不堪忍受长期跋涉挑水吃的艰难。村里第一个打压水井的聪明人动工时，她数次前去观摩，决心也打一口这样的水井。

那年我八岁，清楚记得母亲最后一次学习完别人的经验，回到家二话不说，直接拿起铁镐在院子正中央画了一个大约两米乘两米的方框，就开挖了。

那时候打井，没有机械，全靠人工。父亲不在家，虽说他是乡村医生，但在那个年代，单凭一个村卫生所，实难维持家庭开销，不得已，他将卫生所暂时交给我爷爷照看，自己出去天南地北地做一些摆地摊的小生意，一出去就是一年。加之我们兄弟三人年龄尚小，根本帮不上忙，所以，打井这活儿，母亲只能自己单干。

我很敬佩母亲，一米六的身高，瘦弱的身材，小学二年级没上完的学历，居然说打井就打井了，而且这井还是当时被村里人视为新事物的压水井。更重要的是，这口井建成后，除了我们自己家使用，还无私地供七八家邻居使用长达二十二年之久。

母亲打井的过程，我记忆犹新，历历在目。她先是照着画好的方框垂直挖下去，挖到约一丈五深，打通了地泉，然后将一根汲水钢管像定海神针一样竖在井坑正中央，四周再用大石头一层层一圈圈地压着缝回填。

曾有邻居劝母亲："井坑不用挖那么大，不然回填石头是个大工程。"

母亲却说："挖小了水不够吃啊，光我们家可以，大家都要吃呢！"

母亲创造了一个打井纪录，她建好的井，压起来既轻，出水量又大。之后若干年，村里又增添了几口压水井，但无一敢像母亲那样拼了命往大处挖。再之后若干年，兴起了机械打井，井的口径就变得更小了。机械打井的优势便是可以肆无忌惮地往深处挖——然而其缺点也暴露无遗，压起来格外沉。

水井建成后，母亲践行了诺言，宅院永远不设围墙，任由邻居随意取水。我可以清楚地回忆起那段充满了诗意的岁月：少年时代的盛夏，正值午休，窗外不是知了歇斯底里的叫声，便是邻居吱呀吱呀的压水声，它们严重干扰着我的睡眠，我却从未因此而生过气。

后来，随着 2010 年 10 月父母到郑州生活，压水井因缺乏管理及维护，不可避免地出现了故障而无法使用。

这次，我决定修它。经过检查，水井故障比较严重，汲水管和活塞机都出了问题，需要大修。于是我每天抽出一个半小时时间，弄了一个月，终于把它修好了。

修完水井，我又开始修房子。

老家的房子也很有说头，这段历史里同样铭刻着母亲的丰功伟绩。

在 1985 年以前，老家只有三间正房和一间草棚灶房，我们一家六口——爷爷、父母、三兄弟——全挤住在三间正房里。正房虽说是瓦房，但瓦不是传统小青瓦，而是粗制滥造的大沙水泥瓦，往往是外面下大雨屋里下小雨；母亲屡屡催促父亲修房，父亲本着勤俭持家的理念觉得能将就尽量将就。

父亲能将就，母亲却将就不了。于是就在 1985 年，我五岁这一年，母亲趁父亲外出做生意，从一百多里外的洛阳娘家拉来一支浩浩荡荡的施工队伍，硬是把三间房的房顶彻底掀掉，重新架梁起脊，覆上了新瓦。

修房这件事，母亲也创造了一个纪录，她是当时村里唯一一个瞧不上小青瓦、大胆使用平板瓦的人。由于母亲请的施工队伍专业，新换的瓦质量又好，所以截止到目前写这本书时，三十六年过去了，房子还是基本不漏。

后来，在父亲主导下，又盖了两间北厢房（1994年）、一间正房（2001年，连接着原来的三间老正房）、两间南厢房（2004年）。反观这些后盖的房，质量都不怎么样——如我上述，"北厢房的后墙角没能扛住夏季暴雨的肆虐出现了坍塌，南厢房的坡瓦也因暴雨冲刷出现了不同程度的退滑"——倒不是说父亲主导不力，我认为问题出在建筑材料及施工水平上。

我要修葺的，就是南、北厢房。

或许有人会问：你重点是修井修房，为何要花大量笔墨去追溯井、房的历史？

回答：我追溯的不是历史，是母亲的精神。

正是母亲的精神——吃苦、耐劳、坚韧、勇敢、聪慧、仁爱——影响着我，让我懂得了反哺。

修完房子，已近小雪时节，由于要在老家过冬，我又抓紧时间安装暖气。

农村这个"暖气"，跟城市的暖气不是一个意思。它是在特制的煤炉或柴炉上接一根薄铁皮管子，管子先竖立向上，然后直拐，横着穿过墙孔，伸到屋外去。铁皮管传递热量，同时兼具排放烟气的功能。

我在正房给父母安装了一套煤炉和管道，在南厢房给自己安装了一套柴炉和管道。倚仗这两套设备，整个冬天，我和父母过得较为舒适。

以上是整治和改善居住环境。那这半年母亲情况如何呢？基本如 W 大夫所言，药物达到了应有的功效。

在此，我简要记录一下母亲服药半年的病情变化。

2014 年 9 月（服药第一个月）：最大变化体现在睡眠上，尽管入睡困难——每晚需要我至少三次站在窗外"命令"，才能真正躺下——但不再有夜游现象。如何确定不再有夜游现象？这是长期观察得出的结论。很简单，每晚我都定有两个闹钟（凌晨 1 点和凌晨 4 点），闹钟一响，我会披衣下床，走出南厢房，蹑手蹑脚地来到正房父母卧室的窗外，借助室内的小夜灯，查看母亲的情况。

2014 年 10 月（服药第二个月）：睡眠维持 9 月原状，气色有明显的好转，由于板栗已经捡完，百无聊赖之际，母亲会在屋里翻腾自己存放多年的旧衣服，偶尔也会去村子里溜达一圈儿，但很快就会回来。

2014 年 11 月（服药第三个月）：睡眠和气色进一步好转，情绪变得温和，不再突然生气，开始主动帮我干活，其中一项就是每天不厌其烦地和我一起上山采野菊。

2014 年 12 月（服药第四个月）：除了反应慢一点、行动迟缓一点，精神状态继续好转。主要活动是每天都要去宅院里那棵大杜仲树下捡杜仲籽，间或也陪我上山割荆条、刨荆根（用于柴炉取暖）。

2015 年 1 月（服药第五个月）：状态与 2014 年 12 月持平，由于天气寒冷，户外活动有所减少，一天中的大部分时间，都在围炉烤火和翻腾衣服中度过。

2015 年 2 月（服药第六个月）：感觉整体状态基本恢复到了 2013 年上半年（情绪大变前）的水平。

半年来母亲的病情逐渐好转，这令我很是欣慰，似乎意味着我可以实施那项隐而难宣的新规划了。

的确没错。但在这之前，我还是想补充一下这半年里的琐碎问题和极易被忽视的细节。

琐碎问题。比如：长年不在老家居住，没种庄稼没种菜的，突然回来住半年，吃喝怎么解决？洗澡怎么解决？答：米、面、油、盐、酱、醋及所有生活用品，集市上都有卖，开车去买，很方便。老家地质特殊，集市上有温泉，每隔十天半月，我都会拉父母去洗一次澡，父亲洗澡由我负责，母亲洗澡由我们的好邻居，也是母亲最好的朋友负责。

极易被忽视的细节。母亲服药半年，状态基本恢复到了 2013 年上半年的水平——这其实只是笼统的说法。若仔细观察，母亲这半年的状态跟 2013 年上半年还是有区别的，这种区别就是：眼神里多了一种迷离。跟人交流时，互动变少了，越来越倾向于聆听，而当聆听时，那种迷离便表现得更加明显。

每每目睹母亲的迷离，我心里就禁不住泛起隐隐的忧虑。

第六章

2015

精神分裂

人生新规划：既存厚望，又有阴影

2015 年的 2 月，是个特殊的月份。这个月，是母亲服药半年的最后一个月，也是我承诺半年后接妻女回来的期限将到的一个月，还是农历新年的一个月。

1 月 29 日，老家下了一场大雪。可能是触景生情的缘故，当晚安顿好父母，我却睡不着了。既然睡不着，索性披衣起床，围炉煮酒，边喝边想心事。

心事主要有两桩。一桩是新规划该怎么实施，一桩是农历新年该怎么过。

虽然母亲服药还没到第六个月，但根据其前五个月的状况变化，我觉得是可以实施新规划的。新规划的核心思路是：给父母找个保姆，把我解放出来。而关键问题是：父母在哪里生活？如果父母在老家生活，就在村里找保姆；如果父母去郑州生活，就通过家政公司找保姆。无论"核心思路"，还是"关键问题"，都需要和父亲与大哥、二哥商量。

我看了下日历，2015 年的农历正月初一是 2 月 19 日。年怎么过？在哪里过？团聚不团聚？都还没说。

我分析了一下，年，无外乎三种过法：第一种，我和父母在老家过，妻女在武汉过，大哥一家和二哥一家各自过；第二种，大哥一家和二哥一家都回来过，妻女在武汉过；第三种，不管大哥、二哥怎么过，我和父母及妻女在郑州家里小团圆着过。

我更倾向于第二种和第三种。

如果是第二种，我可以趁过年团聚的机会，把新规划说出来，毕竟这种大事，还是当面沟通最好。如果是第三种，那就把新规划和过年分开，各说各的事儿。

2月1日，我给二哥打电话讨论如何过年。二哥说他跟去年一样，还想去海南。我说："那我就带爸妈回郑州过年吧，这样的话，童童也可以回来团聚一下。你去海南之前，拐我那儿给爸妈拜个年就行了。"

我决定在二哥动身去海南之前，把新规划给敲定了。

2月8日，我带父母回到了郑州。经过两天的思路酝酿和措辞斟酌，11日，我先向父亲谈了谈自己的想法。

谈完，父亲的反应大大出乎我的意料。我原以为他会沉思、犹豫、排斥、勉强接受……不想他十分爽快地就答应了，而且非常干脆地说，"还在老家住，就在村里找保姆"。

父亲的想法，跟我不谋而合。我也觉得在老家住，在老家找保姆，较之在郑州住，通过家政找保姆更好。从心态上讲，找熟人当保姆比找陌生人当保姆，更令人踏实。从经济上讲，在老家找保姆比在郑州找保姆要便宜。从环境上来说，在老家生活比在郑州生活更自由、舒适。

那么，在老家找保姆，有合适的人选吗？

有，就是前面提到的那个帮母亲洗澡的好邻居。

这个好邻居跟母亲同名不同姓，母亲叫李玲，她叫张玲。根据辈分，我应该叫她姑。玲姑命运坎坷，1995年跟丈夫离了婚，丈夫净身出户，她则独守土坯老房，没再嫁人。母亲和玲姑，由于性格相投、学历相近（母亲上了一年多学，玲姑没上过学），成了一对好朋友。

玲姑比母亲小四五岁，身体无恙，干活麻利，但因为环境限制，日子过得比较拮据，所以请她来照顾母亲，可谓互助互利。

我和父亲心照不宣，都把人选锁定在了玲姑身上。父亲甚至迫不及待地马上就要打电话联系玲姑，我劝他先不要急——毕竟还没跟两个哥哥商量呢。

大哥其实不用商量，对于我和二哥的种种决定，他从来不过多发表意见，但他有知情权，告诉他还是有必要的。

重点是二哥。据我对二哥的了解，我认为他是一个不会主动提出给母亲请保姆的人，因为在他眼里，三弟就是最好的保姆，别人他都不放心。但是，一旦我提出来了，估计他又会答应——"毕竟三弟也有家庭，也要过日子"——我想，他应该会明白这个道理。

我的推测是对的，找二哥谈完，二哥同意我的新规划，并说保姆工资由他来支付。

这时候，我才让父亲联系玲姑。一沟通，没问题。只是玲姑正在给别人干活儿，预计 3 月底才能脱身。

"3 月底不要紧，"我对父亲说，"这都 2 月了，过完年也就 3 月了，咱就 3 月底再回老家。"

看来，给爱人许下的承诺，可以兑现了。

春节妻女来郑州团圆时，我对爱人说："过完年，你就可以向武汉那边的单位递交辞呈了。以后，我们在郑州住，爸妈在老家住，我们每隔十天半月回去看望他们一次。"

爱人说："还是等 3 月底彻底安顿住了，我再辞职吧。万一有什么变数……"

我不以为然地说："能有什么变数？都计划好了。"

尽管不以为然，但我还是尊重了爱人的意见。（后来事实证明，爱人的预见是对的。）

一切都在按计划推进，生活似乎很快就能步入正轨，我只需安安心心地过完年，再安安心心地等到 3 月底即可。

不过，在这段等待里，出现了个插曲。正是这个插曲，为我的人生新规划蒙上了一层阴影。

爱人在郑州过完年回去不久，给我来了一个电话，其大意是：岳父已经退休，想趁眼前这个三月天去云贵考察一下适合养老的地方，虽然岳父明确表达了要只身出游，但爱人能感觉到，其实岳父内心还是挺想让岳母陪同的。

我听出了爱人话里的意思，直接问她："爸计划出游多长时间？"

爱人说："两星期。"

我说："你该上班上班，我回去替妈看几天娃，让妈跟爸一起出去溜达溜达。"

爱人说："你别误会，我没有说一定要让你回来，这边爸妈更没提这事儿。只是我在郑州过年那几天，见妈状态恢复得很不错，所以想着你或许有抽身的可能，问问而已，别勉强。"

我说："当然能抽身。到了 3 月底新规划实施，那不也得抽身吗？"

我告诉爱人：无须再议，就这么定了。

那在我离开的两星期里，母亲由谁来陪护呢？

母亲吃药问题父亲可以负责，陪护问题只能由二哥负责（大哥在外地忙业务）。二哥虽不能做到像我一样 24 小时陪护，但完全可以白天派人（先前提到过的老家近门侄子）过来给父母做做饭、晚上自己过来督察一下母亲的睡觉情况。

听说我能抽身回武汉，岳父心情十分愉悦，很快敲定了出游时间：3 月 12 日下午的飞机。我也很快敲定了去武汉的时间：3 月 12 日上午的高铁。这种安排意味着，3 月 12 日，我和岳父母从见面到送别，只有一个午饭时间。

岳父对我的行程安排颇有微词："为何不 11 日回来呢？这样咱俩还可以喝两杯。"

我只能笑而不答。

岳父母原定半个月的出游时间，实际只用了十天就结束了。

3 月 21 日，岳母给我发消息，说他们 22 日晚上 9 点到家。我思考了一番，订了 24 日上午回郑州的高铁票。

我心想：23 日就在武汉待一天吧，陪陪岳父母。来的时候太匆忙，惹得岳父颇有微词，走的时候若再匆忙，实在说不过去。重要的是，我每天都会给父亲打一个电话，得知母亲状态一直很稳定，所以也就不用慌着赶回去。

但真应了那句话，计划赶不上变化。3 月 22 日下午，二哥突然打来电话，问我："童童爸妈旅游回来了没有？"

我回答："他们今天晚上到家。"

"那你准备什么时候回来？"

"我后天上午的票。"

"你最好赶紧回来。"

"怎么了？"

"妈刚才闹出走了。爸给我打电话后，我立马赶过去，在你小区门口截住了妈。"

我心里一沉，愣了一会儿，说："那我改签一下，明天上午就回去。"

"明天？你最好能今天回来。"

莫名地，二哥的话让我感到有些不舒服，我说："我最快只能夜里回，现在走不了，童童在上班，她爸妈今晚9点才能到家，女儿总得有人照看吧。"

挂完电话，我就把后天的高铁票改签成了当天夜里的硬座，然后我静坐了半个小时。女儿无忧无虑地在我旁边玩耍着，丝毫不知我的心事。我的心情既沉又堵。沉，是因为母亲消失大半年的闹出走竟又出现了，这无疑为我的新规划蒙上了一层阴影。堵，是因为二哥的大惊小怪，这些年，事关母亲诸多之难题，我都一个人扛住了，而他亲历一次，就有点不知所措了。

另外，由于爱人长期对岳父母刻意淡化母亲病情，以致岳父母根本不知道我们这些年经历了怎样的艰难。岳父受此蒙蔽，只看到了我极其糟糕的个人发展成绩，尽管他嘴上不说，但我能感觉到他心里对我或多或少是有点意见的。面对这次我匆匆地来，又匆匆地走，不知岳父会怎么想，他大概会这样在心里嘲弄吧："鲁非日理万机，真是比国家领导人还忙啊，忙得连和我们好好相聚的时间都没有，可我咋就没看到他忙出来的成绩呢？"

我沮丧而又压抑地度过了那个难忘的夜晚：9点，岳父母风尘仆仆地回到家，倦态尽显，吃完我下的面条，就洗漱睡下了。

凌晨 2 点,我折身起床,在女儿额头上亲了一口,给爱人道了声再见,蹑手蹑脚出了门,打车赶往火车站。

除了沮丧和压抑,那一夜,我还感受到了一种前所未有的人生孤独。

从交接到抽身,新规划正式实施

母亲意外出现的闹出走,虽为我的新规划蒙上了一层阴影,但并未动摇我实施规划的决心。

2015 年 3 月 22 日,我连夜从武汉赶回郑州,认真观察了母亲两天,发现她还是比较稳定的。同时得知村里玲姑已经给别人干完了活儿,随时可以上岗,于是我 25 日开车载着父母,回到了老家。

在这里,我简要聊聊玲姑的工作职责和薪水。

由于玲姑家离我们家很近,加之当时母亲生活还能自理,所以我和父亲一致认为,不需要玲姑住家里。玲姑只需一早赶过来,除了做三餐,其他时间照看着母亲、薅草、种菜、逛街、闲聊……想干啥干啥,也不用寸步不离地跟着母亲,只要安全就行,毕竟村子里都是熟人。晚上,等母亲上了床,玲姑就可以回去睡了。薪水每月两千元。

我们刚到家几分钟,玲姑就赶了过来。母亲见到玲姑很高兴,一如既往地跟她嬉笑谩骂,只是已经记不得应该找把椅子礼让对方坐下。

尽管玲姑当时就上了岗，我却并未立即抽身回郑州。出于多方面考虑：可以说是交接过渡，也可以说是让玲姑适应一下，还可以说是我对母亲不放心唯恐她再出么蛾子……总之种种吧，我决定以副手身份，协助玲姑工作一段时间再走。

就刚到家的那几天看，母亲状态还是相当不错的，她跟着玲姑，在村里往来自如，跟人有说有笑。以前，我们因为对阿尔茨海默病的心理抵触，以至太在意别人异样的眼神而限制母亲的行动。现在，我打开了心结，不再限制母亲的自由，她怎么开心就怎么过。抱着这样的想法，我甚至让母亲加入了农村广场舞队。

母亲跳舞，鼓点踩得很准，肢体动作却是自由发挥，旁若无人的样子，严重干扰着秩序。不过，大家伙儿谁都没有生她的气。

3月31日晚上，目睹母亲乐舞不疲，我决定敞开心扉，发一条朋友圈——这是我首次正式向外披露母亲的真实病情：

> 一直都想发一条微信，却时常因种种顾虑而作罢。其实也没什么，有些事，不说，是隐私，说了，是真诚。今天，我决定真诚一把。很不幸，我年仅六十岁的母亲患上了阿尔茨海默病，从发现端倪到今天日趋严重已有五个年头，这件事情改变了我的生活轨迹，使我从武汉回到郑州，从郑州回到老家，即诸位羡慕的"两城一乡"生活。照顾母亲成了头等大事，创作与发展屈于次位，这也是新作迟迟不能杀青付梓的原因之一……

"官宣"之后，反响既不十分平淡，也不十分热烈。这基本在我意料之内。我仿佛能猜到朋友们的心情：点赞，不合适；评论，又不知从何说起。

母亲信主，始于三十多岁，后因父亲反对而逐渐放弃。我估算了一下母亲这一生去教堂的总次数，也就十次左右。在我印象中，母亲是喜欢教堂的。她喜欢教堂，并不是因为真正领悟了"主"的真谛，而是觉得那里人心朴实、气氛热闹、大锅饭好吃。从这点上，我可以窥探到母亲对自由的向往。之所以这么说，是因为母亲和父亲，无论年龄还是学识，均存在巨大差异，这种差异导致二人没有太多共同语言。

我本人对教堂既谈不上好感，也谈不上厌恶。我想的是：跟广场舞一样，只要母亲开心，该去就去吧。

玲姑不信主，但她为了母亲，愿意走进教堂。

从3月26日到4月12日，我在老家停留了十八天。十八天里，我时刻都在观察母亲，发现她状况一直很稳定，于是便在13日抽身回了郑州。

母亲精神分裂，我的人生至暗时刻

生活，终于迈出了新的一步。

回到郑州，我一个人坐在空荡荡的家里，一时有点不适应。

我倒上酒，点上烟，静静独处了很久，给爱人发去了一条微信："你递辞呈吧，回来后重新找份工作。我在家做饭、带娃、写作，你出去上班。"

爱人回复："我酝酿一下辞职理由，下周再辞吧。"

然后我又去见二哥。他说文化公司和会所生意都不怎么样，想继续以我的名义（法人）再注册一个餐饮管理公司。我说："注册可以，但我不参与经营。我想把更多精力放在写作上。"

二哥不置可否。

不管二哥怎么想，我都感觉自己仿佛开启了人生新篇章。只是没料到，从 4 月 13 日至 18 日，这"篇章"刚开启六天，便又合上了。

回到郑州后，我每天都会给父亲去一个电话，询问母亲情况：前三天，一切正常；第四天，开始无端发脾气；第五天，失眠、骂人、出走，全表现出来了；第六天，父亲直接说："你玲姑一个人照看不住你妈，你还是回来吧。"

无奈之下，19 日一早，我开车重返老家。那天，天空阴沉沉的，还下着小雨。而我的心情比天气还要阴晦。一路上，关于母亲为什么反常，我想了很多：药物本身问题？父亲喂药问题？我不在身边问题？玲姑陪护问题？

想来想去，根本想不出一个合理的答案。

由于乡间修路，车堵如龙，我从天蒙蒙亮时出发，上午 10 点多才到家。初见母亲，她的状况尚且正常，只是表情略显麻木，少了那种慈母迎儿归来的喜悦。

我什么也没说，当即送母亲和玲姑去了教堂（19 日是个星期天）。

在教堂楼下车里等候时，我给爱人发了条微信："辞呈递交了吗？"

爱人回复："还没。"

我回复："暂缓递交吧，这边妈又反复了。"

爱人的回复，没有排山倒海的追问，没有满腹牢骚的叨叨，只有波澜不惊的三个字："哦，明白。"

我需要的，正是她的波澜不惊。多年来，她依靠这个法宝，不仅一次次地化解着我的压力，还魔力般融洽着我们的夫妻关系。

我呆坐在车里，不知后面的生活该怎么安排。车窗外的雨，淅沥下着；教堂里，隐约传来赞美诗歌声。我拿起手机在朋友圈里写道：

> 再次折返乡里，路堵，降雨。送母亲到教堂，坐在车内，听那赞美诗歌声从教堂里飘出来，穿越淅沥细雨，轻轻叩打车窗，一时间，思绪如同放飞的白鸽。抹去脆弱，重拾勇敢。

除了勇敢，别无选择。我天真地想：这些年已经经历了太多糟糕局面，接下来再糟糕，又能糟糕到哪里去？只要勇敢面对，便无所畏惧，所有困难最终都将化解，只是时间问题。

然而，我想错了。我以为母亲最糟糕的时刻已经过去，但其实它还没有到来。我以为只要勇敢，便无所畏惧，但没料到，自己所谓的勇敢，在即将到来的暴风雨面前，是那么的不堪一击。

接下来的一个多月——准确说是 2015 年 4 月 20 日至 5 月 22 日——堪称我人生的"至暗时刻",其间所发生的一切,至今历历在目。

文至此处,我依据刻骨铭心的记忆,同时结合当时出于向 W 大夫汇报病情之需要所做的碎片记录,稍作加工整理,以日记形式,还原一下 2015 年 4 月 20 日至 25 日这一小段时间内,我与母亲的故事。

4 月 20 日

昨天白天,我已经感受到了母亲的乖戾,但尚不明显。我让玲姑暂且待岗休息,至于随后她还能否上岗,要视母亲情况而定。

我从父亲那里接管了母亲的喂药任务。母亲所服药物易倍申+安定片+米氮平,其中易倍申是一日两次、一次一粒,安定片和米氮平是一日一次、一次一粒,所以我通常会早饭后让母亲服一粒易倍申、晚饭后三种药同时各服一粒。

昨晚,我亲眼看着母亲服下了一粒易倍申、一粒安定片、一粒米氮平。但夜里,安定片并没有发挥出应有的作用,母亲几乎是彻夜未眠。0 点、3 点、5 点,我三次来到母亲窗外,都看到她坐在床上摸摸索索。0 点和 3 点时,我曾命令母亲躺下,5 点时,考虑到天即将变亮,我索性不再管她。

上午,母亲坐在靠椅里打了一个多小时的盹,打完盹就开始围绕着宅院乱逛、折腾。

午饭，母亲吃着吃着，突然生气地把碗摔在了地上。

下午，母亲继续打盹，打完盹就阴沉着脸质问父亲年轻时候为何打她的头，父亲觉得母亲是无理取闹，和她吵了起来。我看不下去，不客气地说了父亲几句，然后拽走了母亲。

我给 W 大夫打电话，详细陈述了母亲情况。W 大夫建议将晚上服用的安定片用量由一粒增至一粒半，同时用治疗精神分裂的奥氮平替换掉治疗抑郁症的米氮平。

家里没有奥氮平，只能给二哥打电话，让他买好，明天托人捎回来。

晚上，我只给母亲服用了易倍申（一粒）和安定片（一粒半）。

4月21日

我一般是在晚上 8 点喂母亲吃药，然后看守她一个小时，等安定片的药劲儿上来了，再让她如厕、睡觉。

可能是安定片剂量增加的缘故，母亲昨夜睡眠质量有所改善，0 点和 3 点我去查看时，她都在睡觉。不过 5 点再去看，她已经坐了起来。

上午，母亲没有打盹，一直手持笤帚一会儿去正房、一会儿到院子里，漫无目的地扫个不停。其间，她忽然举起笤帚去追打看不见摸不着的东西，一边追打，一边叫骂。我上去夺掉她手中的笤帚，问她打什么，她说不出所以然。

下午，母亲又出现一次追打某种东西的情况。

这件事令我感到惶恐。我觉得需要给母亲换个环境，于是开车带着她去了集镇上的物资交流大会。

这个大会俗称"三月会",每年农历三月初一至初五举行,既有商品交易,又有戏班子唱戏,已经延续了几十年。儿时随父母逛会是件快乐的事情——父母的快乐在于听戏或者可以买到廉价而又实用的农具,我的快乐在于各种娱乐项目。

父母自 2008 年起再也没逛过"三月会"。这次我带母亲逛会,幻想能再现她的快乐。结果我失望了,母亲对一切都显得无动于衷、了无兴致。

下午 5 点多,我收到了二哥托客车司机从郑州捎回来的奥氮平。当晚,母亲服用了该药。

4 月 22 日

0 点,我去看母亲,发现她睡得还好。

凌晨 2 点多,母亲只穿着秋衣秋裤,打开屋门,出了宅院。我因为连日困乏,在南厢房酣睡如猪,竟没听见动静;父亲倒是被母亲拉门闩的声音给惊醒了,但他有腰疾,追拦母亲心有余而力不足,只能焦急地站在院子里喊我。

我拿着手电筒,在村子公路上找到母亲,将她拉了回来。

母亲拒绝进屋继续睡觉,我只好打开车门,骗她说旅游去,母亲信以为真,坐进了车里。

我抱来被子,给母亲裹好,陪她在车里睡到了天亮。

早上,我给 W 大夫发微信,向他反映奥氮平的副作用。W 大夫说:"奥氮平是治疗精神分裂的,但有的人服用后反而会加重精神分裂,这很矛盾,也很无奈,你再坚持给阿姨服用一周看看吧。"

上午，母亲没再出现"追打东西"的现象。

下午，玲姑来了，说领母亲出去转转，让我补补觉。于是我躺在院子的竹制躺椅上睡了一觉。那一觉睡得特沉。

晚上，由于担心母亲还会半夜出走，我在父母都睡下后把正房门从外面锁上了，准备明天早上再打开。

4 月 23 日

夜里，我按惯例定闹钟起来查看母亲睡眠情况。

0 点，睡得还好。

3 点，床上无人。我踮起脚尖往窗户里看，借助微弱的夜光灯，只能看到父亲在床上睡得正熟，整个卧室找不到母亲影子，而且放在角落里的尿桶也不见了。

再看被我上锁的正房门，原本紧闭的双扇门向里凹开了一道缝，说明母亲曾尝试过开门。

毫无疑问，母亲人在正房里。

我开门进屋，正房内一片漆黑，一股尿臊味儿扑面而来。待我拉亮灯，看见尿桶在地上倒着，而母亲则背靠后墙角而立，仿佛被困住了，无法进退。

母亲身上的秋裤已经被尿液弄脏，我找来干净衣服，背对着她，让她换好。（当时母亲勉强还能自己换衣服）

残局收拾利索，天已近亮，再让母亲上床睡觉已不现实，我又把她带进了车里。母亲在车里呆怔怔坐到了 7 点，我在她身边呼呼大睡到了 7 点。

上午，我开车把母亲和玲姑送到集镇，让玲姑帮母亲洗了个澡。

下午，初中同学拎着礼品过来探望我父母。母亲莫名其妙地逮着同学骂了一顿，同学被母亲骂得一脸蒙，我尴尬地向同学表示歉意。

做晚饭时间，母亲情绪意外变得温和平静，她不再围绕着宅院折腾，而是主动坐到灶台后面帮我烧火。灶膛里的火光映在她脸上，很好看。

晚上父母睡下后，我继续外锁屋门。锁门之前，我拉亮了正堂的灯泡，心想：即便母亲不睡，有了灯光，就不至于磕碰受伤，抑或再出现昨夜那种狼藉局面。

身心疲惫了一天，睡前我给自己倒了一杯酒，边喝边想：要不要给 W 大夫发个微信，反馈一下母亲服用奥氮平的情况？文字编辑到一半，我又删除了。W 大夫不是说让坚持服用一周吗？那就服够一周再说吧。

4 月 24 日

春节前，在老家生活的将近半年里，为了查看母亲睡眠情况，我定了凌晨 1 点和凌晨 4 点两个闹钟。这次回来，我把闹钟改成了 0 点、凌晨 3 点和凌晨 5 点。通过连续几夜观察，我发现 0 点时母亲睡眠问题不大，所以昨晚睡觉前，我再次调整了闹钟，将 0 点、凌晨 3 点和凌晨 5 点改成了凌晨 2 点和凌晨 4 点。

凌晨 2 点去看，发现母亲睡得很好。

凌晨 4 点去看，发现母亲依然睡得很好。那一刻，我心中油然升起一种前所未有的幸福感。

我断定 4 点以后母亲不可能再睡太久，于是临时加了个"5 点半"的闹钟。5 点半去看，母亲果然不知何时下床去了正堂，正动作轻微地晃动着屋门试图打开；父亲还在床上躺着，很难说清他是否已经被母亲的动静给吵醒了。

我打开屋门，发现母亲这次衣服穿得挺规矩。于是我欣慰地领她去了趟厕所，又把她"请"进了车里。

车对母亲来说别有一番魔力。一到车里面，母亲就会表现得很安静，要么继续睡觉，要么静坐不语。这一次，我在车里一觉睡到了 7 点半。至于母亲，要么没睡，要么也打了一会儿盹，具体不清楚。

不管怎么说，这一夜，都是我和母亲几天来睡得最好的一夜。

母亲白天的活动轨迹都在宅院及四周，基本不乱跑。上午大体也是如此。只不过临近中午时候，母亲意外游离得有点远——把邻居家一根碗口粗的长木头给扛了回来。

我问她："妈，你背这干啥？"

她说："小声点，别让人家听见，以后盖房子能用。"

我说："关键是，这不是咱家的东西，是人家的东西呀！"

她说："你懂个屁！"

我和母亲交流不了，只能暂且不理会她，然后趁她不注意，又把木头给邻居扛了回去。

下午，玲姑来看母亲，母亲破天荒地给玲姑递了把椅子。两人在院子里坐了一会儿，母亲又进入了自己的世界——丢下玲姑，起身去薅正房墙根处的杂草，薅着薅着，忽然抄起门口台阶上的笤帚就去追打看不见的东西。

我和玲姑跟在母亲后面，看她一路追打进了北厢房。

北厢房里放着两具柏木棺材。这是父母为自己准备的身后事。在北方农村，早早准备身后事往往被视为吉利的象征。

只见母亲进入北厢房后，打遍了屋内的陈年杂物，唯独不打棺材。玲姑等母亲的迷糊劲儿快过去了，调侃她说："你咋不打那东西呢？"

母亲说："我不打它，死了还得靠它埋呢，打它干啥？"

玲姑夺过母亲手中的笤帚说："你这臭毛病都是在家憋出来的。走，跟我出去散散心。"

玲姑陪母亲散心散到傍晚才回来，回来时母亲腋下夹着一件破旧的红色衣服。玲姑说："今天出去，开始喜欢捡垃圾了，越颜色鲜艳的，越喜欢捡，劝不住。"

我只好哄骗母亲说："妈，你把衣服给我，我给你锁柜子里去，谁也偷不走。"

母亲信以为真。而我转身就把衣服丢到了母亲永远不可能找到的地方。

每晚睡觉前，我都会如实记录母亲当天的状况，这样做的目的是，方便向 W 大夫汇报病情，利于他调整药物。我试图从记录中找出母亲状况变化的规律，可事实上，并没有什么规律可言——比如今天新出现的偷木头和捡垃圾。

4 月 25 日

凌晨 2 点，母亲无事。

凌晨3点多，父亲打响了我的手机。

父亲有个老年手机，我曾给他说好："夜里有突发情况，就给我打电话。"这是他第一次在夜里给我打电话。我感到事情重大，直接挂断，不到一分钟就赶到了父母卧室。

结果看到，母亲只穿着秋衣秋裤，一边厉声大骂，一边挥舞着由高粱梢做成的刷子满屋乱打——那场景不大好描述，但可以用比喻来形容——就像是在追打老鼠。父亲坐在后墙边的床沿儿上，一脸无奈地瞅着母亲。

我上前想夺掉母亲手中的刷子进而抚慰她，母亲却如一头发怒的狮子，把我撞出很远。

过了一会儿，母亲到了院子里。她体内仿佛有一团燥火，整个人狂躁不安，四处乱走。当她靠近车辆时，我趁机拉开车门，用非常自然的腔调说："妈，赶紧，该上车了。"

母亲稀里糊涂地上了车。

但这一次，车丧失了魔力，已然无法像往常那样能让母亲安静下来。母亲被困在车里，无法开门，便开始打我，边打边声嘶力竭地大喊。喊声尖锐刺耳，若不是在封闭的汽车空间里，我想那声音一定会划破乡村的夜空。

母亲打我的时候，我感觉自己是麻木的，一动不动。差不多过了一个小时，她打累了，也喊累了，整个人虚脱地蜷缩成一团，垂头睡了过去。我给她裹上被子，又将她慢慢扳靠在座椅背上。之后，我干坐着发呆——以为会呆坐到天亮，却不知何时也睡了过去。

早上，母亲的平静只维持了不到半个小时。当我指挥她穿完衣服，上完厕所，洗完脸，刷完牙，尚未来得及做早饭，她就又表现出了狂躁——虽不再追打东西，却开启了暴走模式——先是全村走，然后漫山遍野走。而且，边走边捡垃圾。

我只好让玲姑过来做早饭，自己则紧跟着母亲——她走到哪儿我跟到哪儿。

母亲走累了，也知道回家，该吃饭吃饭，该喝水喝水，该打盹打盹，待精力充沛后，继续暴走。

玲姑做完早饭，又替我做午饭，做完午饭，又替我做晚饭。

到了晚上，我的意志终于崩塌了——提前给 W 大夫去了电话。我把母亲几日来的状况向 W 大夫做了详细汇报。电话那头，W 大夫沉思了足足有一分多钟，才说："你试着把奥氮平由一粒增加到一粒半，然后再观察一下。"

W 大夫的建议，没能壮大我的信心。但我也只能试试。

双重折磨

从 4 月 20 日到 4 月 30 日，母亲每一天的状况变化，我都做有记录。由于 26 日至 30 日期间每天记录内容高度重复，我就不再按日记形式赘述了，还是集中说吧。

这五天里，我严格执行 W 大夫新制定的喂药方案，但母亲的状况没有任何改善迹象。

夜里，母亲照样狂躁，我照样把她关进车里，她照样大喊并打我。

白天，母亲照样暴走。

我不明白，母亲究竟哪里来的能量，可以如此透支身体而不知疲倦。反正，我是有点撑不住了。

为了补觉，我几乎想尽了一切办法。比如：母亲在车里打我打累的时候，不管她睡不睡，我都会抓紧时间闭目养神一阵子；母亲白天暴走归来躺在躺椅上打盹的时候，我会在她躺椅旁边再放一把躺椅，跟着她一起打盹。为了预防她在我睡着时突然悄无声息地折身再次暴走，我甚至用绳子将她左手和我右手捆绑在了一起——她一动，我立马就能醒。

这五天，我受到的折磨，不仅仅来自母亲的病情，还来自一股新势力。这股新势力便是村里的基督教信徒们。

他们坚信母亲的狂躁和暴走是魔鬼附身造成的，所以商量好了每晚8点要来给母亲驱魔。

我拒绝也不是，不拒绝也不是。拒绝吧，会伤害他们的感情，毕竟他们出于好心；不拒绝吧，这种观点和行为实在太荒唐。为难半天，我选择了妥协，心想：为了母亲，我认了。

26日晚8点，基督教信徒们将近二十个人，齐刷刷地出现在了我家里。他们借用我的南厢房卧室作为驱魔场地，围成一个圈儿，让母亲坐在正中间，伊始轮流说上一段诸如"主，请宽恕我的罪……"之类的话，然后同时念念有词——从嘤嘤嗡嗡渐至震耳欲聋。

我在屋外透过窗帘缝隙偷看他们驱魔，看得惊心动魄，心想：恐怕好莱坞大片也难以拍出如此真实、震撼、惊悚之画面。

这样的驱魔仪式，他们隔一天举行一次，五天内一共举行了三次。第一次，母亲无动于衷，领头说"魔鬼很顽强"；第二次，母亲哭了，领头说"魔鬼撑不住了"；第三次，母亲受不了聒噪的声音，开始捂着耳朵叫喊，领头说"魔鬼在做最后的挣扎"。

我终于忍受不了这种荒唐行为，坚决拒绝第四次驱魔。来的这些人，大都是我的长辈。多年来，在他们面前，我始终保持着一个晚辈应有的礼节。但这一次，我失控了，说话非常不客气。他们见状，只好一个个灰溜溜地走掉。

原本关于基督教，我一直是持中立态度的，既不崇奉，也不排斥。以前，母亲信主，我想着只要她开心，那就去信吧。现在，众信徒来为母亲驱魔，我想着只要是为母亲好，那就来驱吧。甚至，当第一次驱魔，领头说"魔鬼很顽强，要想赶走它，你的心也得诚"时，我也选择了顺从——让我祈祷我就祈祷，让我读《圣经》我就读《圣经》。母亲在车里打我时，我读《圣经》；母亲漫山遍野暴走时，我跟在她后面读《圣经》。我一遍遍地读《圣经·四大福音》，目的只有两个，一是幻想母亲会因自己的心诚而好转，二是自我寻求精神支撑——仿佛在洪水之中寻求漂浮物，稻草也好，木头也罢，管它是什么，已别无选择，抓住就好——好让自己能够扛过母亲疾风骤雨般的摧残、蹂躏，不会倒下。

然而到了第四次驱魔，出于对母亲的怜悯，我果断与原有认知进行了决裂。

决裂过后，我很难过。这种难过，说不清、道不明，总之有背叛成分、自责成分、消沉成分、脆弱成分很多东西掺杂在一起。

30 日晚上,我躺在院中的躺椅里,一边看母亲走来走去,一边抱着酒瓶子喝酒。酒喝了不少,每喝一杯,我都仿佛听到一种声音说:"你就是自己的主,你只能信你自己。你内心很强大,你一定不会倒下。"

在这种强大内心信念的驱动下,我没跟 W 大夫商量,而是擅自决定:从当晚开始,加大母亲药量——安定片由一粒半增加到两粒,奥氮平也由一粒半增加到两粒。

我擅自、大胆地调整了母亲服药剂量后,母亲睡眠几乎没有变化——依然只能睡到凌晨 3 点多。其他状况有一定程度变化——半夜起来后,不再有大喊大叫及打我的现象,白天仍会发脾气、漫无目的地乱逛,但已称不上是暴怒、暴走。

我既欣慰又费解。欣慰于母亲的狂躁强度终于有所降低,费解于安定片都增加到两粒了,为何母亲还不能长睡?

尽管有费解,但终归欣慰大于费解,我连续紧绷了十一天(从 4 月 20 日至 4 月 30 日)的神经,终于松弛下来。

开车带母亲南下,去见妻女

2019 年 9 月 21 日,是我和爱人结婚十二周年纪念日,这一天,我在我个人公众号上写了一篇《我和阿尔茨海默病母亲日

夜相守的这九年》的文章。文章中，关于 2015 年 4 月和 5 月
"至暗时刻"的描述，有一小段我是这样写的：

> 几天后，母亲情绪总算略有稳定，我长期紧绷的神经
> 一下子松弛下来之后，反而开始陷入一种极端无助而又孤
> 独的状态，脆弱到了极点，夜里频频被噩梦惊醒，进而疯
> 狂地思念久未见面的妻女。于是，我决定把父亲留在老家，
> 开车带着母亲一路南下至武汉，去看一眼我的妻女。

总之，我把携母南下见妻女的原因归结于"松弛后的极端
无助和孤独"。而事实却不尽如此。

人生"至暗时刻"，我仿佛只身面对千军万马，仿佛在与全
世界为敌。原本静谧祥和的山村宅院，因为母亲的精神分裂而
变得阴森邪戾，这种环境让我感到压抑窒息。我必须逃出去呼
吸一下新鲜的空气、疗养一下心伤，不然，我觉得自己会倒下。

放眼全世界，能疗愈我的似乎只有妻女——只有妻子的倾
听和女儿的甜笑，才是我疗伤的佳药。

我下定了决心要南下。5 月 6 日晚上，我给爱人打电话，表
明了我的想法。爱人没有表示反对，只让我路上开车慢点。

当然，关于南下，光我想不行，还要看母亲想不想。如果
放在 4 月 25 日至 30 日母亲最狂躁的时候考虑，肯定不可能；但
5 月 1 日至 6 日，眼瞅着母亲狂躁程度明显下降，我自以为是地
认为，应该没事。

然而，后来发生的事实，让我明白了，自以为是是多么不
可取。从老家去武汉的高速上，母亲确实一路安静无事，返程

高速上，母亲却差一点要了我的命。

我们姑且还是按故事的先后顺序来叙述。

5月7日一早，我叫来玲姑，将父亲吃饭问题托付给了她，然后于上午10点，带着母亲，驱车出发，一路高速，直奔武汉而去。

返程高速上，母亲突然夺我方向盘

从老家到武汉，高速大约五百公里。一路上，母亲表现得相对安静。我需要操心的只有一件事：她的如厕。

从2010年10月至2015年5月，我携父母在老家和郑州间的高速公路上无数次地往返、奔波，见证了母亲服务区如厕能力的退化：从独立完成渐到需要帮助。当母亲如厕需要帮助时，我不得不让她放弃使用公共卫生间，转而选择残疾人卫生间。

这次，我全程让母亲使用残疾人卫生间。但个别服务区的残疾人卫生间因故无法使用，我便只能带着母亲翻越服务区护栏，让她在灌木丛里解决。

此番南下，我只想见见妻女，不想惊动岳父母。所以我让爱人调了休，并提前在家门口酒店预订两个标间：她和女儿一间，我和母亲一间。我告诉爱人："一起吃个晚饭，待上一宿，第二天我就返程。"

晚上7点多，我抵达了武汉。妻女在酒店房间早已等候多时。女儿见到我有些生疏，但爱人无疑给她做了许多功课，所以她很懂事，没有拒绝我的拥抱。至于母亲，见到妻女就像见到了陌生人一样，那种漠然和茫然，让我心碎。

吃过晚饭，妻子在那边房间里哄女儿睡觉，我在这边房间里陪护母亲睡觉。女儿很快就睡着了，母亲则服完药后，直到将近 11 点才入睡。

老小都睡下后，我和爱人开始站在房间外的走廊里低声聊天。我们聊母亲的情况、聊爱人辞职的事情、聊女儿下半年入园的事情……大多时候，都是我在说话，爱人在倾听。这，正是我需要的，爱人只要倾听就够了——这就是对我心灵的最好抚慰。

聊到爱人辞职，我说："对不起，我许下的承诺，没能兑现。"

爱人说："没关系。"

聊到女儿入园，我说："我也不知道究竟该在哪里入园，武汉？郑州？老家？"

爱人说："没事，那就再等等。"

聊来聊去，问题仍是问题。不觉间时间已近凌晨 1 点。我说："就这样吧，妈说不定三四点就会醒，明早要赶路，我得抓紧时间补一觉。"

接下来的文字，节选自公众号。

我和阿尔茨海默病母亲日夜相守的这九年

暴风雨似乎已经过去，我带着心灵的慰藉，载母离开武汉，返回河南老家。然而，当车行至京港澳高速驻马店路段时，母亲情绪意外爆发了，先是骂人，接着冷不防地去扳变速杆。出于本能，我用力抽打了一下她的双手。她立刻缩手回去，惨叫着哭喊起来。

我出了一身冷汗，因为2015年驻马店高速段正在进行由双车道向四车道的拓宽作业，施工队为了施工方便，沿着行车道和应急车道之间的白线打了一排隔离桩，把应急车道给占了。也就是说，事发时，只有超车道与行车道，没有应急车道，而且当时车辆特别密集。在这种情况下，应急停车是不可能的。

母亲哭了一阵后，又猛然扑过来夺我的方向盘，我大叫一声，一把推开了她。车子在高速上左右晃动，后面货车司机拼命地按着喇叭。那一刻，我感觉到了死亡，有生以来第一次歇斯底里地对母亲咆哮。

母亲试图又要伸手过来，我再次更用力地抽打她的手。母亲疼得哭声更大。万幸的是，她就此止住了手。

不知过了多久，终于看到服务区标志。我果断将车驶离高速，而后停车趴在方向盘上放声大哭。过了一会儿，我又抱着母亲哭，边哭边说：妈，你为什么要这么做？母亲显然不知道怎么回答我，只和我一样哭得厉害。

半个小时后，母亲安静了下来。根据经验，母亲情绪爆发的周期一般都在两个小时以上，于是我不敢耽搁，赶快重上高速。

重上高速后，我临时改变了主意：不再回老家，而是直奔郑州。

风暴平息

我为何要直奔郑州?

缘于两点:一、我下了狠心要给母亲调整药物;二、彼时彼刻郑州更适合母亲。

先说第一点。母亲高速路上夺我方向盘,让我下了狠心要用利培酮取代奥氮平。

何谓利培酮?其与奥氮平一样,都是用于治疗精神分裂的药物。但在 2015 年 4 月 30 日之前,我并不知道它,即便在 4 月 30 日晚上知道它,也是很偶然的事情。

4 月 30 日,面对母亲越来越恶劣的精神分裂状况,我渐渐丧失了对奥氮平的信任。在不客气地赶走为母亲驱魔的基督教信徒们之后,身心交瘁的我,迫切地想寻求帮助。向谁寻求呢?W 大夫吗?可他似乎已无计可施。不经意间,我想起了在平顶山某医院神经内科工作的姓常的高中同学。

常同学,我们高中毕业后彼此杳无音信了十四年,直到 2014 年 11 月,才经另一高中同学牵线,重新取得联络。

我致电常同学,将母亲的情况讲了讲。他直截了当地说:"你让阿姨吃利培酮呗!"

我一愣:"利培酮?"

"也是治疗精神分裂的药物,用它替换奥氮平。"他大概太忙，我听见他跟我说话的同时，也在跟别人说话。

我不好意思继续打扰他，便寒暄两句，挂了电话。

之后，我陷入了疑惑：利培酮？W大夫为何没有向我提及该药？权衡再三，我认为还是要给W大夫去个电话——先讲述母亲情况，接着委婉咨询他是否可以用利培酮替代奥氮平。

W大夫听我讲完，并未问我从何得知的利培酮，而是非常自然地说："根据我的临床经验，利培酮比奥氮平的副作用要大一些，病人服用后，'分裂'虽然能得到控制，但同时也很容易出现走路不稳、摔跤、呆滞、大小便失禁的现象。这便是我一直没向你推荐利培酮的原因。不过，阿姨现在的情况……唉，不好说，你自己考虑吧，如果想尝试利培酮，这边医院有，我可以给你开。"

根据W大夫所言，不难得出结论：W大夫用药相对保守，这种"保守"基于"保留病人尊严"而考虑，由此更加说明他是一个具有人文情怀的好大夫。

我揣摩W大夫的思路应该是：他仍对奥氮平持信任态度，只是想让我再坚持一下，抑或再多点耐心。

那时的我，看似坚强的心理堡垒，实则已经变得风雨飘摇、岌岌可危。尽管如此，我还是没有勇气马上就使用利培酮。

直到这次母亲夺我方向盘，我终于有了勇气。

服务区内，我惊魂未定，浑身虚脱地趴在方向盘上大哭了一通，转而又搂着母亲痛哭，边哭边问："妈，你为什么要这样？是不是我这辈子做了什么错事，所以上天派你来以这种方式惩罚我？"

母亲没回应我，只是跟着我哭。

当我止住哭泣后，下车打了三个电话：第一个电话打给父亲，告诉他，我要带母亲回郑州住一段，这期间他的吃饭问题暂由玲姑负责；第二个电话打给二哥，告诉他，我决定要给母亲服用利培酮；第三个电话打给 W 大夫，告诉他，我已决定要使用利培酮，请他为我开药。

这是一件无比哀伤的事情。打完三个电话，我无力地瘫坐在地上，背靠车身，遥望苍穹雾霾，莫名其妙竟想起了电影《飞越疯人院》和《禁闭岛》，继而脑海中浮现出一问一答。一个声音在问："什么最重要？"另一个声音作答："立场、处境不同，答案也不同。"

再说第二点。与其说彼时彼刻郑州更适合母亲，不如说彼时彼刻郑州更适合我。

必须承认，是我太累了，没有力气继续像在老家那样去陪母亲。在郑州，我只需要用折叠床堵住反锁的屋门，就可以睡得天昏地暗，再也不用担心母亲半夜离家出走、白天漫山暴走。至于母亲打闹折腾，只要不出屋，任由她打闹折腾去。

更重要的是，当我告诉 W 大夫，我决定让母亲服用利培酮后，W 大夫提醒我要警惕利培酮的逆效。何为逆效？W 大夫如此解释："与奥氮平相似，同时较后者有过之无不及——原本是为了治疗精神分裂，但刚服用前几天反倒可能加重精神分裂。就像你往一堆火上泼水，原本是要灭火，但刚泼上去的瞬间，火苗反而会蹿升得更高。"

假如利培酮真在母亲身上产生了逆效，那么封闭的空间无疑会极大地减轻我的陪护负担。所以，W 大夫这种"逆效"理论，进一步坚定了我"封闭"母亲的决心。

总之，当我下决心让母亲服用利培酮之后，我很快就果断地做出了下一步打算：将母亲封闭在郑州家里，直到利培酮产生功效、母亲归于平静，再解封回老家去。

带着这样的打算，我选择了直奔郑州。

5月8日晚上6点多，我和母亲到了郑州家里。7点多，二嫂送来了利培酮。10点，我按新方案（一粒易倍申、两粒安定片、一粒利培酮）让母亲服了药。

接下来，我把自己和母亲封闭在屋里整整十三天没有下楼，生活用品全由老家那个侄子买好送来。

这十三天里，我经历了母亲的"风暴起——风暴虐——风暴息"。

风暴起（第一至三天）：

利培酮果然表现出了逆效。母亲宛如困兽（我无意损辱母亲，只是实在找不到更恰当的比喻），在一百二十多平方米的"囚笼"里肆意游走、横冲直撞。面对此况，第三天，我"冷酷"地将利培酮由一粒增至一粒半。

风暴虐（第四至七天）：

利培酮逆效更甚。母亲不仅将屋里翻腾了个底朝天，还将屋里砸了个遍，更隔窗向外尖声辱骂——其污言秽语，不堪入耳。第七天，我延续着自己的冷酷，将利培酮由一粒半增加到了两粒。

风暴息（第八至十三天）：

利培酮逆效终于消失。母亲一点点、一点点，极其缓慢地安静了下来。与此同时，W大夫所言的利培酮副作用也部分性地在母亲身上渐显出来：口拙舌钝，行动迟缓，体躯微偻，神情呆滞。

第十四天，也就是 5 月 22 日，我带母亲回了老家。途中，我第一次没有着急忙慌地赶路，高速公路两旁郁郁葱葱的景色，美丽得让我惆怅。

我看着副驾驶上沉睡的母亲，心中既有解脱感，又有负罪感，还有挫败感。但解脱感远远冲刷不了负罪感和挫败感，我高傲的心终究是败给了人性及残酷的现实。

而我也终于明白：久病床前无孝子，其实是一句悲壮的褒义性俗语。

一道人生选择题

2015 年 5 月 22 日，我带着母亲回到了老家，时隔不到一月，6 月 19 日，我又带着父母返回了郑州。

那么，在老家这段不满一个月的时间里，母亲状况如何？又是什么原因致使我做出了重返郑州的决定？

总体来说，这是一段相对安宁的时光。药物利培酮硬生生地压制着母亲的狂躁，使她虽然还有点躁，却始终无法再狂起来。这里一项项地讲。

夜间。母亲入睡仍然比较困难，真正入睡了，又会保持一个姿势到天亮，以至我早上叫醒她并扶她起床的时候，她会因身体麻木而难受地"哎哟"个不停。利培酮做到了安定片做不到的事情——不仅让母亲一觉睡到天亮，还让母亲丧失掉了夜里翻身的自主能力。面对这种可怕的双刃剑效应，我所能表达的，只有难受和无奈。

白天。母亲始终处于一种迷离恍惚的状态，不再大范围地暴走，而是沿着进出宅院的小路，无休止地往返走动着。我也不必再像以前那样紧紧跟随着她，只要坐在院子靠椅上静静关注着她的行动即可——看她走得太远，就冲她喊上一嗓子，她听到喊声，便会折返回来。母亲走累的时候，也会驻足站在那里闭目休息。很难说清她为什么不坐下休息，而非要选择站着休息——是她不愿意坐下，还是利培酮让她丧失掉了坐下的意识？每每此时，我都会拉她坐下，但她似乎总坐不住，长则三五分钟，短则一两分钟，便会重新站起来。

饮食。农村向来粗茶淡饭，加上我大部分精力都用在了照顾母亲上，所以做饭不可能太精细。一般我都会把饭和菜盛在一个碗里让母亲端着吃。自从服用利培酮后，明显可以看出，母亲手里的饭碗端得不怎么平了，往嘴里扒饭的动作也不怎么麻利了。

如厕。在服用利培酮之前，母亲如厕尚且正常，该去厕所的时候，她自己就去了，唯一不好的是，如完厕，她总是会把放在厕所的卷纸拿走，然后找个地方藏匿起来。但服用利培酮以后，母亲不再偷拿厕纸，如厕却变得不那么正常了。具体表现在两点：一是如厕变得十分频繁，二是出现了随地大小便的情况。

母亲的状况集中表现在上述四个方面，每天都是如此，大变化基本没有。而我，也就那么浑浑噩噩地过着，脑子仿佛生了锈，暂时没有多想后面的生活究竟该朝哪个方向走。直到 6 月 1 日爱人打来电话，问我怎么考虑女儿的入园问题。

女儿 2012 年 10 月出生，至 2015 年 6 月，年龄将近三岁。入园，已然是必须考虑的事情。

爱人电话里表达的意思是：要尽快确定在哪里入园，因为无论武汉还是郑州，很多幼儿园的招生工作都在三四月份完成，眼下 6 月份再不确定，恐将面临无园可入的境地。如果决定在武汉入园，岳父母会马上行动起来；如果决定在郑州入园，我就要尽快对下一步生活做出规划。

在哪里入园，武汉还是郑州？我不得不认真严肃地思考这个问题。

2015 年 6 月 1 日晚上，我躺在老家院子的躺椅里，一边看着来回走动的母亲，一边仰望着安宁静谧的夜空深思。

"坚决不能在武汉入园啊！"我喃喃自语。

岳父退休后最大的愿望就是和岳母一起去云贵或海南生活，爱人滞留武汉已经耽搁了他的计划，倘若女儿再在武汉入园，那他的计划就不再是被耽搁，而是变得遥遥无期。

再者，一旦选择让女儿在武汉入园，就意味着我和爱人这个小家庭彻底走向分居，这是我绝对不愿意面对的。

"那就只能在郑州入园。"我又自语。

如果女儿在郑州入园，生活该怎么规划？只有两种方案：一是我和妻女在郑州，父母在老家（继续由玲姑陪护）；二是我、妻女和父母都在郑州。

我很快否定了第一个方案。因为母亲当前的情况，再让玲姑陪护已不现实——她操不起这份心，我们也放不下心。

剩下的，只有第二个方案。

"这是多么具有戏剧性和荒诞的事情啊！"我禁不住自我嘲讽，从 2010 年到 2015 年，我带着母亲，无数次地在老家和郑州之间奔波——回老家时有回老家的理由，回郑州时又有回郑州的理由，怎么掰扯都有理。

主意既定，我决定次日便联系郑州家里楼下的幼儿园。这是一家中等水平的私立幼儿园，收费标准为每月一千七百元。我之所以选它，一是因为费用不算太高，二是因为就在小区内，接送方便。只是让我没想到的是，第二天一联系，居然招生已结束——报满了。好在我是小区业主，园方秉持"本小区幼儿优先"的原则，让我耐心等候三天，然后为我协调出了一个名额。

二哥安排人替我交了报名费。入园报名搞定后，我给爱人打电话说："你可以正式递交辞呈了。"

2015 年 6 月 19 日，我带父母重新回到了郑州。这一天，是个标志性的日子，因为从这天起，母亲虽然也回过几次老家，但只是逗留，再也没有回去生活过。

母亲尾椎部位的脓疮

重返郑州后，我对母亲所服药物的用法用量进行了微调，整个下半年，母亲基本上是按照早上一粒易倍申加一粒利培酮，晚上一粒易倍申加一粒安定片再加一粒利培酮的标准在服药。

至于母亲的状态，整个下半年都比较稳定。换言之，整个下半年，母亲一直都维持着 6 月份重返郑州时的状态。

由于母亲状态稳定，这个支离破碎的家庭开始慢慢恢复元气，很多被搁置已久的事情得以按部就班地展开：

7 月 1 日，妻女从武汉归来；

7 月 17 日，爱人找到了新工作，开始上班；

8 月 17 日，女儿正式入园；

10 月 21 日，岳父母首次到访郑州家里；

10 月 23 日，二十多年没联系的同父异母姐姐来郑州看望父母。（父亲在母亲之前有过一段婚姻。）

假如母亲不服用利培酮，假如她一直延续着精神分裂的状态，上面这些事情显然无法实现。所以，究竟维护母亲尊严重要，还是家庭生活发展重要？这个问题，既非常矛盾，又值得深思。

以上是对 2015 年下半年生活的总括。对我而言，这半年最主要的事情是什么？说出来匪夷所思——就是处理母亲尾椎部位因摔伤感染而引发的恐怖脓疮。

这是一件被我忽视和轻视了的事情。

事情起于重返郑州的前一天。小姨把母亲带到她家里，帮忙洗了个澡。洗完澡，小姨说："你妈是不是在哪儿摔过？屁股上边有一块鸡蛋大小的乌青。"

在哪儿摔过？我想了半天，似乎没有。遂问小姨："严重不严重？"

"也没烂，看着不严重。"

听小姨这么说，我也就没太当回事儿。

回到郑州后，母亲既没表现出身体不适的症状，也没向我表达她有什么不适。（其实现在想来，母亲那时应该是有疼痛感的，之所以没表达，我认为是阿尔茨海默病和利培酮的共同作用致使她丧失了表达能力。）

直到 7 月 2 日爱人给母亲洗澡，发现母亲尾椎部位已由鸡蛋大小的乌青变为拳头大小的红肿。这时我才相信：母亲确实在老家摔倒过，只是事故没发生在我眼皮子底下而已。那这究竟属于意外摔倒还是利培酮副作用所致呢？无从确定。但我从心理上倾向于后者。

在怎么处理母亲尾椎部位的红肿问题上，我和父亲存在着分歧。父亲凭借自己多年的中医临床经验，坚持用自己配制的药膏外敷；我则把母亲尾椎部位红肿的照片拿给社区卫生服务站的医生看，医生建议用热盐水洗敷。在专业问题上，我自然没有话语权，所以最终我听从了父亲的建议。

结果，药膏外敷了几天后，母亲红肿部位开始出现溃烂。不得已，我只好打电话向岳母求救。

岳母退休前是武汉市第五医院外科门诊的护士长，拥有丰富的处理外伤的经验。她了解完情况，对我说："如果外伤不严重，肌肉组织没坏死，是可以用中药膏外敷消肿的。但你妈的情况很严重，在使用药膏外敷之前，肌肉组织已经处于半坏死状态，所以溃烂不可避免。现在只能用生理盐水清洗，早晚各洗一次，先把坏肉洗掉、敷上薄纱布，再让它长新肉。必须无菌操作，镊子、钳子、剪子每天都要高温消毒。"

我严格遵照注意事项去处理母亲的伤口，坚持了大半个月，情况却似乎变得越来越糟：母亲溃烂的伤口，先从一元硬币那么大，变成脉动饮料瓶盖那么大，再变成一次性纸杯杯口那么大。

我抑制不住内心的惶恐，第二次向岳母求救。岳母说："不要慌，这种情况我经历过很多，慢慢都会好的。伤口溃烂面积之所以不断扩大，是因为坏死的肌肉组织太多，这些组织最终都要腐烂或者化作脓水被清洗掉，只有把坏肉清理干净，才可能长新肉。别着急，多点耐心。另外，我给你寄点我们医院内部配制的药水，你收到以后按照我说的去操作。"

快递挺给力，第二天我就收到了药水。然后我按岳母传授的方法，继续处理母亲的伤口。很快，转机出现了：母亲伤口的溃烂面积开始一点点减少。到8月底的时候，伤口面积已经只有拇指指甲盖那么大。

我把伤口照片发给岳母看，和她分享这个好消息。岂料岳母看完照片，冷静地问我："伤口深度如何？变浅没？"

我说："挺深的，没怎么变浅。"

岳母说："你再按按伤口周围的肌肉，是软的还是硬的？"

我按了按，说："有一部分很硬。"

岳母说："口子收得太快了，你得警惕被套住。"

我问："'套住'是什么意思？"

岳母说："就是外面长好了，里面没长好，最终还是要化脓崩开。"

我又问："那该怎么办？"

岳母说："用无菌纱布堵住伤口，先别让伤口长住。"

我照着做了。但纱布似乎无法抵挡伤口的愈合趋势，最终还是长住了。

我侥幸地想：岳母说要警惕被套住，但没说一定会套住，母亲这伤口应该是里外都长好了吧！

然而，残酷的事情还是发生了：不出一星期，伤口便化脓崩开了。

面对伤口深处源源不断涌出的脓水，我既懊恼又担忧。岳母安慰我说："这种情况，本应该去医院处理。但天天往医院跑，无论精力还是经济，你都吃不消。所以你一个门外汉，能做到这一步，已经非常了不起了。别泄气，从头再来。"

在岳母的鼓励下，我振作起精神，重新面对伤口难题。这样坚持到 10 月中旬，母亲伤口深处的脓水总算真正清理完毕。

不过当 10 月 21 日岳父母来郑州的时候，母亲的伤口看起来还是相当吓人。

那时岳母查看完母亲的伤口，对我说："放心，口子虽然吓人，但实际上已经进入好转倒计时了。"

岳父母在郑州仅仅住了一天就走了。临走前，岳父对我说："鲁非，单这一天，我就能感受到你这些年过得有多么不容易。"

岳父的一句话，化解掉了我心中太多的委屈。然而我并没有热泪盈眶，只是在心中默默念叨了四个字：理解万岁。

虽然岳母说母亲的伤口已经进入了好转倒计时，但这个倒计时却是非常漫长——直到 2016 年 1 月份，伤口才彻底痊愈。

回想 2015 年整个下半年的日子，我除了做饭、接送女儿，其他时间全用在了陪护母亲及处理她的脓疮上。

好在半年过去，母亲的脓疮得以痊愈。展望 2016 年，我的心中，一半迷茫，一半希望。

第七章

2016—2017

终于安静下来

如何管理不再找事儿的母亲

整个 2016 年，母亲一直维持着这样一种状态：不再找事儿，终日迷离惝恍地在屋里游逛。

不再找事儿，并不意味着我可以少操母亲的心了，因为看似不再找事儿的背后，其实隐藏着大量的陪护问题。我姑且把这种陪护称为管理。

譬如如厕问题。由于认知衰退，以及利培酮"呆滞"的副作用，母亲在寻找厕所上变得越来越困难。

基于母亲每天都会不停地在客厅、卧室、厨房和卫生间游逛——换言之，但凡是开着门的地方，母亲都会漫无目的地走进去——我索性让卫生间的门一直处于敞开状态。如此，母亲只要看到了马桶，恰好又有便意，便会自然地坐下去。

除了寻找厕所有困难，母亲在使用厕纸上也有困难。如果她排完便看到了厕纸，就会去用，如果看不到，就想不起来要用。所以，我便把厕纸设置在了她眼前触手可及的地方。

当然，无论解小便还是解大便，事后的冲水工作都是需要我去完成的，因为母亲极少能记得去按马桶的冲水按钮。

再譬如便秘问题。毫无征兆地，母亲于春节前夕出现了便秘问题。

发现这个问题，是因为替母亲冲马桶时连续几天都没有冲过她的大便。当这种异常现象超过一周之后，我变得有些不淡定，转身告知了父亲。

父亲给母亲配了好几样用以通便的西药：酚酞片+牛黄解毒片+三黄。在给母亲服用这一大把药片之前，我有些担心地问父亲："是不是量太大了？"父亲自信地说："量小了不中。"

结果母亲吃完，第二天顺着裤腿拉得满屋都是。光清理工作，我就用了两个多小时。若只是清理地板，倒也没什么；真正不方便的是清理母亲本人——毕竟我是儿子不是女儿，尴尬在所难免。

第二次便秘，父亲又配了一堆药。在我力劝之下，父亲拿掉了酚酞片。尽管如此，母亲依然拉了一裤子。连搞两次，我受不了了，坚决告诉父亲："以后我妈便秘问题由我负责。"

我找来一本挂历，挂在客厅暖气片上，用打"√"形式来记录母亲的排便。打"√"的日期，表示母亲的排便日，"√"后的第四天，我会准时给母亲服用通便的药。

我的给药方案很简单，只有牛黄解毒片：一日两次，一次三片。母亲按照我的方案服药，一般在第六天或第七天就会顺利排便——而且是正常地排在马桶里。

对比父亲和我的给药方案，主要是两个人想法不同。

父亲想立竿见影，但忽视了母亲的认知衰退和寻厕困难。面对如疾风骤雨、说来就来的泻肚，母亲铁定反应不及。

而我之所以倾向于"润物细无声"，一是考虑要给母亲预留出寻找厕所的时间，二是考虑要减轻自己的陪护负担。

我这种行之有效的管理便秘问题的方案，从 2016 年一直持续到 2019 年。（2019 年 5 月，又出现了一种更好的方案——用

喝泡番泻叶水来替代口服牛黄解毒片）

又譬如肢体僵硬问题。母亲是 2015 年 5 月服用的利培酮。服用以后没多久，就出现了肢体僵硬的问题。

二哥想通过按摩来缓解母亲肢体僵硬的问题，便在他小区附近的一家盲人按摩店办了张卡，让我不定期地带母亲过去。

但 2015 年整个下半年，母亲因为尾椎脓疮，无法去按摩。到了 2016 年，二哥重提此事。我想：那就去吧。去按摩最便捷的交通方式是骑电动车。当时母亲还可以坐电动车，我就每周一次或两次地带母亲去按摩，持续了很长时间。

你说按摩能消除母亲肢体僵硬吗？显然不能。但有作用吗？肯定有——至少在一定程度上减缓了僵硬进程。

母亲的这种按摩，一直持续到 2017 年。只是，到了 2017 年，母亲的身体机能已经衰退到了无法再坐电动车的地步，所以每次往返，只能开车。

除了上面三大项，还有一些小项。

比如：尽管母亲还能够自己完成吃饭，但一日三餐，我必须把她领到餐桌前坐下，她才会自己吃。

比如：每天晚上，我要引导母亲上床睡觉；每天早上，我要引导她起床穿衣。

比如：母亲已经丧失了夜里起床解手的意识，所以每天晚上不能让她睡太早，每天早上也不能让她起太晚。睡觉前和起床后都要第一时间引导她如厕，否则不可避免地会出现尿床现象。

通过这些"大小项"可以看出，2016 年，母亲生活虽然还能自理，但已是非常勉强。

我突发腰伤，岳母千里救急

我很少想过，假如有一天我病倒了，母亲该怎么办？

一是无暇去想；二是陪护母亲这么多年——即便是在 2015 年的人生至暗时刻——我都没有病倒过，所以潜意识里会忽略掉这种风险。

然而，天有不测风云。

2016 年 3 月 20 日晚上，我引导母亲睡觉，母亲却长时间侧坐在床沿不肯上床，偏偏女儿黏我，在那边不停地喊我过去哄她睡觉，于是失去耐心的我，直接抱起母亲就往床上放。

就在母亲落床的瞬间，我只听腰部咔嚓一声——整个人立马变得不好了。尽管感觉不好，但不妨碍日常活动——诸如刷牙、洗脸、上厕所等。所以我认为睡一觉应该就没事了。

岂料第二天早上，我硬是无法从床上折起身来。

爱人因为要还同事的班而无法请假，她很担忧我。我说："没事儿，你只管好好上班去。"

爱人走后，我紧咬牙关，先侧身从床上滑到地上，再双臂撑着床帮让自己站了起来。我完全凭意志扛过了这一天。

爱人下班回到家，已是晚上 11 点。当时女儿尚未睡着，绘声绘色地把我一天的痛苦给爱人讲了一遍。

爱人既心疼又生气，睡觉前忍不住在朋友圈吐槽：

昨天因为劳累加扭伤，老公的腰疼得没法往下弯，走路都得非常慢、非常小心，而今天我还顶同事的班，要从早上 7 点半上到晚上 10 点半。我想老公应该会找人帮忙做个饭接个孩子什么的，否则家里肯定乱成一锅粥。谁承想下班回来家里井然有序，老公强撑着，自己去买菜、接娃、做饭。看着在床上连翻个身都疼得龇牙咧嘴的老公，我真是又恼火又心疼：宁愿自己吃苦也不愿麻烦别人，倔牛一头！

次日，岳母看到爱人发的朋友圈信息，电话也不打，直接坐高铁从武汉赶了过来。她在这边做饭、接送女儿、陪护我母亲，直到五天后我彻底好转，才离开。

岳母千里救急，让我很感动。而岳母却说，那天她在厨房做饭，母亲进去递给她一个苹果，让她很感动。

女儿：希望有一根魔法棒，让奶奶好起来

2015 年 7 月之前，女儿大部分时间都在武汉，加上年龄幼小，所以和母亲也谈不上有什么情感交集。之后，随着妻女回归，女儿渐长，这对老小在情感上的不合拍便逐渐凸显了出来。

伊始，家里常常会出现如下一幕——

幼小懵懂的女儿和她认知衰退的奶奶在家中的某个地方"狭路相逢"了，一个仰视对方，一个俯视对方，彼此像研究外星人一样，久久僵持，互不相让。

慢慢地，这种僵持上升到了冲突——

女儿想让奶奶抱她，奶奶总是推开她；

女儿喜欢装扮奶奶，奶奶却仿佛受到了侵犯，往往行为抗拒或言语呵斥；

奶奶喜欢把女儿漂亮的玩具占为己有，两人经常摆出"千斤坠"，像拔河一样，拼尽洪荒之力来抢夺同一件东西。

当然，这样的冲突，多数情况下都会以女儿的失败而告终。女儿时常哭着鼻子问我："奶奶为什么不抱我？""我和奶奶做游戏，她为什么骂我？还掰断我的花环？""奶奶为什么总是抢我的玩具？"

前几次，我以正常逻辑给女儿讲母亲的疾病，女儿听不懂，也不理解。后来，我换了种方式，对女儿说："奶奶的大脑被一个邪恶的巫婆给施了魔咒，变糊涂了。其实，她是很爱你的。"

三岁的女儿听我这么讲，将信将疑。直到 2016 年 3 月，发生了一件事，我把它记录在了朋友圈：

今天下午，因小女过于顽劣，忍无可忍的我把她挟在腋下，一边威慑性地拍屁股，一边厉声教育。这时，原本坐在客厅沙发上的母亲，顺着哭声慢腾腾地寻进书房，轻轻拿开我的手，牵着小女走了出去。恍惚间，我泪眼婆娑。脑海中油然再现央视的公益广告语：她忘记了一切，但从未忘记爱你。

当天晚上，我和女儿谈话。我问她："今天，你有没有感觉到奶奶对你的爱？"

"有。"

"怎么感觉到的？"

"奶奶不让你打我的屁股，把我解救走了。"

我点点头，强调说："所以，你要相信，奶奶是爱你的。她平日里呵斥你，抢你玩具，都不是故意的。"

这次，女儿听进了心里。

过了一段时间，我带女儿外出散步，途经一个玩具店。女儿指着一根魔法棒，想要我买。我询价之后觉得值不了那么多钱，便做女儿工作，可以换一个更好的玩具。女儿很倔强，非魔法棒不要。我问为什么？她说："我要用魔法解除奶奶脑子里的魔咒，这样她就可以重新快乐地生活了。"听完女儿这番话，我立刻买下了魔法棒。

2016 年 9 月，女儿由私立幼儿园转入了公立幼儿园。入园不久，班主任打来了电话，想让我写一篇关于"家风与家教"的文章。我答应了。不承想，这篇文章居然发表在园报上，还给我颁了个一等奖。

今天，书写至此，我觉得这篇文章与本小节内容关系紧密、不可分割，遂全文刊入，并入其中。

家风家教之我谈

古语曰："管中窥豹，可见一斑。"意为从看到的一小部分可推测出全貌。

孩子，也是同样的道理。我们通过一个孩子的言行举止，可以大致推测出他所接受的是怎样的一种家风与家教。因此，我一贯重视家风与家教对孩子成长的重要性。

先谈家风。浅白地讲，家风就是一个家庭的风气；深刻地讲，家风其实是一个家族世代传承的一种传统。家风对孩子的成长起着至关重要的熏陶作用。打个比方，我认为一个热衷于搓麻将的家庭能够培养出热爱读书的下一代的概率应该不高。我曾经留意过自民国至当代的各界无数大师，追溯他们的出身，大部分要么是艺术世家，要么是书香门第。

回忆我的童年，自打记事起，家里有个中药铺，爷爷写得一手好的毛笔字，父亲年轻时是文教工作者，三叔是一名画家，舅爷是黄埔军校出来的军官。这种家庭背景，引导我最终走上了文学创作的道路。我的爱人既是一名音乐爱好者，也是一名文学爱好者，她会弹钢琴与古筝，因读我的文章而与我相识。如今我们的女儿已近四岁，我们力求给她营造一个浓郁的文化氛围，以此来陶冶她的情操，促进她的成长。

再说家教。家教不是说教，而是言传身教。简单地说，就是要以身作则。你懂文明有礼貌，孩子自然懂文明有礼貌；你对父母孝敬，孩子自然对你孝敬。因此，家教要少说多做，以实际行动来感染和改变孩子。《论语》有言："己所不欲，勿施于人。"身为父母自己都做不到的事情，又有什么权利要求孩子去做呢？

家教里最重要的两个部分是家庭和睦与孝敬长辈。

关于家庭和睦，因为我与爱人志同道合，且性格互补，故而鲜有矛盾发生，即便有，也仅仅是辩论，上升不到争吵的程度。这无疑有利于女儿心理的健康成长。

关于孝敬长辈——这方面，我们家庭情况比较特殊。我父亲患有腰疾，无法行远路，更无法从事重体力劳动，而我母亲则患有中度阿尔茨海默病，几年前，他们就来到郑州跟着我生活。母亲思维混乱，经常把屋里弄得乱七八糟，甚至把女儿的玩具占为己有，女儿不明白奶奶为什么这样做，于是她们两个经常发生矛盾，相互抢夺东西，结果要么是母亲暴怒，要么是女儿委屈地大哭。我反复给女儿解释奶奶这样做的原因，但女儿太小，总是无法理解。后来，我想了个办法，将母亲编进了一个童话故事，大意是：奶奶年轻时是一位美丽的公主，然后嫁给了勇敢的国王，并生下了王子爸爸，后来，一个邪恶的巫婆对奶奶施了一个魔咒，从此，奶奶就变得糊涂了，总是乱拿别人的东西……女儿听完这个童话故事，说了一句："奶奶好可怜啊。"过了一段时间，我带女儿外出散步，途经一个玩具店，女儿指着一根魔法棒，想要我买，我询价之后觉得值不了那么多钱，便做女儿的工作，可以换一个更好的玩具，女儿很倔强，非魔法棒不要，我坚决不从，最后她绝望地大哭起来。我没办法，只好问她为什么非要魔法棒不可，她说："我要用魔法解除奶奶脑子里的魔咒，这样她就可以重新快乐地生活了。"听完女儿的话，我立刻买下了那根魔法棒。现在，女儿的表现令我欣慰，她已经开始学会让着奶奶，甚至主动把玩具送给奶奶。

俗语讲："久病床前无孝子。"我时常会想，倘若在照顾母亲方面，我首先失去了耐心，那对女儿来说，无疑是活生生的负面教材。

总之，家风是客观环境，家教是主观行为，二者相辅相成，相得益彰。

中年危机

2016 年，既是家庭恢复元气的一年，也是我在事业上挣扎与突围的一年。

这一年，尽管母亲一直延续着不再找事儿的状态，但这并不意味着我可以出去上班打拼了。

母亲生活只能称得上勉强自理，有太多方面离不开我的"管理"，加上做饭、接送女儿，所以我不可能完全从家庭中脱身。

我所拥有的闲暇时光，不过是上午女儿入园后的一两个小时和下午女儿离园前的两三个小时。

在此情况下，究竟什么样的"事业"，才有可能让我去挣扎与突围？只有屁股坐在家里的写作。

而写作，由于闲暇时光并非真正闲暇——我还要一心二用，时不时关注母亲，无法完全将自己封闭在书屋里、沉溺于书稿中——因此"挣扎"一词，用得一点都不过分。

认真算起来，自从 2010 年第二本小说《将军令》出版后，我再也没出过新书。《将军令》出版后，我曾构思过新作——那是以我家乡传说为背景的一个复仇与救赎的故事，在武汉时曾洋洋洒洒地写了几万字。

一切，随着我"浪子回头"而中止。

在郑州生活的这几年里，无数个压抑不安的夜晚，我也曾蠢蠢欲动地想把故事接着写下去，但真正打开了文档，却又发现自己是那么的力不从心。

如今，机会来了。虽然机会只是生活夹缝里的一点鸡零狗碎的时光，可对我来说，却是久旱逢甘霖般珍贵。

我必须抓住这种机会，不能任由这种机会浪费。

我清醒地意识到自己正面临着中年危机：由于母亲疾病的羁绊，在本应该奋斗的黄金时间无法奋斗，而当有一天可以奋斗了，却发现自己已然变得力不从心。有的人身处黑暗只能看到黑暗，有的人身处黑暗却在努力寻找光明。我想做后者。所以当这样的时光出现时，我想我一定得利用好它——既然轰轰烈烈的大奋斗搞不了，那就因时制宜、脚踏实地地干一些能干的事。

从某种意义上说，我的想法可视为一种信念。正如《士兵突击》里连长高城评价许三多那样："他每做一件小事的时候，都像救命稻草一样抓着。有一天我一看，嚯，好家伙，他抱着的已经是让我仰望的参天大树了。"

于是，我打开了封存已久的创作文档。

就像许三多在五班修路那样，今天修一点，明天修一点，后天再修一点……一直修修修，我的 2016 年上半年，就这么修过去了。

仍如高连长评价许三多那样："信念这玩意儿，真不是说出来的，是做出来的。"由于坚持去做，2016 年 7 月，我幸运地迎来了人生契机。

我的一位姓高的北京朋友，是出版社编辑，见我"并没有把梦想像擦屁股纸一样丢在马桶里用水冲走"，于是便以伯乐身份，将我引荐给了一位姓李的做影视的朋友。

这位李姓朋友正在物色作者写一本关于春秋人物的影视奇幻小说，我和他约在郑州一家星巴克见面；一番畅谈，彼此相见恨晚，很快便达成了创作协议。

这份《小说委托创作协议》主要内容如下：

一、作为乙方的我，要在 2017 年年底之前，完成长篇小说的创作，字数不少于 23 万字。

二、甲方拥有作品的全部版权，我拥有小说的署名权、十万元的创作经费收入（边创作边支付）、全部版税收入（出版后支付）、30%的影视改编收入（影视版权交易后支付）。

这应该是我人生中接到的最大一单生意了。我几乎是毫不犹豫地在协议上签了字。

然后我开始了创作前的准备工作。先用四个月时间通读了《诗经》《山海经》《道德经》《礼记》《尚书》《周礼》《左传》《论语》《墨子》《孙子兵法》《越绝书》《吴越春秋》《东周列国志》《魔戒》《哈利·波特》。再用一个月时间钻研了《周易》和《奇门遁甲》。又用一个月时间完成了构思。真正动笔，已是 2016 年底。

一个经过深思熟虑的决定

2016年7月，《小说委托创作协议》签订后，经过反复、认真思考，我决定在年底前终止掉二哥对我这一块儿的所有"经济输血"。

长期以来，在照顾父母方面，大原则一直都是二哥出钱、我出力。（2013年我也曾独立过，但时间太短，可以忽略。）

二哥出的钱，主要有三项：母亲的药费、我这个家庭的生活开支、我的房贷。

难免有人疑问：你扛起了陪护母亲的重任，二哥出钱也正常，为何要终止呢？

其实，终止的原因，跟2013年年初我独立的原因一样，主要还是追求精神自由和缓解二哥压力。

先说精神自由。二哥一直寄希望于在照顾好父母的前提下，我们兄弟俩共同做一番事业。但这只是二哥的人生观和价值观，他并不知道我的人生观和价值观是什么。

我最希望的方式是：我负责陪护父母，二哥负责给钱。二哥可以支配我陪护父母，但不可以支配我陪护父母之外的个人时间和空间。

二哥显然做不到这一点。如此，我那本就鸡零狗碎的时间，再被二哥时不时地给支配走一部分，还如何完成《小说委托创作协议》里所约定的艰巨创作任务？

怎么改变这种局面？我认为只有经济独立。经济独立了，就可以自己的生活自己做主。

再说二哥的经济压力。受政策、环境等多方面影响，2013年是二哥经济状况的分水岭，从这一年开始，他一直在尝试着转型——从古玩字画到会所，从会所到文化传播公司，从文化传播公司到餐饮管理公司。转型期间，二哥的赤字一直在扩大。截止到 2016 年年底，他的赤字据我所知，在一百万以上。但二哥有个特点，逞强，爱面子，无论赤字多大，他都不会让外人知道。

二哥这种拆东墙补西墙、左支右绌的经济状况，不仅让我替他感到焦心，还让我在需要用钱时向他张不开口，同时也影响着他和二嫂的关系。这自然而然让我心生了"终止"的想法。

理由摆完，还面临两个问题：一是我谈"终止"，二哥会同意吗？二是"终止"后，我的经济能独立起来吗？

我和爱人在 2011 年聊天聊到经济独立时，就曾提过，"二哥是一个很强势的人，你没有事业，也就意味着没有可以跟他谈判的筹码"。

所以，我很清楚"终止"这事儿，猛然对二哥说，肯定没戏，只能逐步推进，悠着点来。正当我琢磨着如何逐步推进时——2016 年 8 月的某一天，父亲突然对我说："你给你二哥说一下，以后你妈吃药的钱，我承担了。"

怎么回事儿？父亲何以如此豪横？在我看来，原因也就两点：一是几年来父亲通过村里卖地、退休金、给别人看病（红包、诊断费）等各种途径，积攒了点钱；二是父亲大概也对二哥日益扩大的赤字看不下去了。

当时母亲每月药费八九百元。二哥明白父亲的意思后，也没有过多坚持。就这样，父亲承担起了母亲（从2016年9月至2018年12月）的全部药费。（补充说明：2019年，由于易倍申、安定片和利培酮对母亲已经起不到有效作用，母亲停药一年。2020年母亲开始服用国产新药甘露特纳胶囊，药费每月3500元，全部由二哥承担。）

父亲替我解决掉第一个难题后，我于2016年10月份解决了第二个难题——以爱人工资可以贴补家用为说辞，终止了二哥对我家庭生活开支的"输血"。又于2016年12月解决了第三个难题——以《小说委托创作协议》的十万创作经费为说辞，终止了二哥对我房贷的"输血"。

至于终止后，我的经济能否独立起来，这恰恰也是爱人问我的问题。

我的回答是："前期会比较困难，但无论多困难，也要终止。不破不立。先迈出这一步再说。"

第八章

2018

不能自理

母亲逐渐不能自理

2017 年和 2018 年整整两年时间，母亲身上没有"惊心动魄"的故事发生，只有一种东西在悄无声息、残酷无情地"消逝"着。这种东西便是自理能力。

两年间，我见证了母亲从生活勉强自理逐渐发展到生活不能自理的全过程。这主要体现在吃饭、如厕和睡觉上。

关于吃饭。自从 2015 年 6 月重返郑州以后，我就对母亲的吃饭方式实施了较为精细化的管理：如果吃面条，就让她用筷子；如果吃米饭或粥，就把菜和饭混合在一起，让她用勺子。

2015 年下半年和 2016 年一整年，无论是用筷子还是用勺子，母亲基本都能把饭送进嘴里。

但到了 2017 年，母亲出现了掉饭现象。米饭或粥稍微好一点，面条就不行了，往往是吃一半掉一半。尽管如此，出于锻炼目的，我还是坚持让母亲自主吃饭——能往嘴里扒多少就扒多少。

直到 2018 年春，母亲彻底丧失了自主吃饭能力，我开始喂她吃饭。

除了吃饭方式的变化，还有饮食内容的变化。

2017 年 3 月，母亲镶了四年多的左侧两颗大牙掉了，由于这两颗牙关系到母亲咀嚼硬物，所以我想重新给她镶一下。遗憾的是，母亲无法配合口腔医生完成"咬""合"指令，这牙也就镶不了了。镶不了牙，也就意味着不能再吃硬东西。后来随着咀嚼功能和吞咽功能的衰退，到 2018 年年底，母亲连面条和米饭也吃不了了，只能吃半流质食物。

关于如厕。母亲在如厕这方面的变化：一是自主如厕能力丧失，二是大小便失禁。

母亲在 2016 年时，尚有主动寻找卫生间的意识，进入 2017 年，这种意识变得越来越弱，6 月份连续出现了几次将大小便解在裤子里的情况。

爱人提议："该给妈买纸尿裤了。"

我明白，若是给母亲穿上纸尿裤，我会省事不少。可我思考了几天后，决定还是暂缓这个提议。

一是因为纸尿裤关乎尊严。

我在想：虽然母亲逻辑混乱、意识模糊，但若是给她穿纸尿裤，她应该还是知道怎么回事的，只是无法表达；她一定觉得自己是个废人。我为什么会这么想？因为我在给母亲清理脏污时，曾听到过她的嘟囔："我怎么不死呢！"

2017 年至 2018 年，我的基本生活状态，就是在陪护母亲的间隙里创作、在创作的间隙里陪护母亲。每每母亲因大小便弄脏裤子而迫使我中断创作赶来为她清理时，人性使然，我心中的郁闷自然是有的。可当我听到母亲的嘟囔，郁闷瞬间便灰飞烟灭，取而代之的是自责、难过和哀怜。

我知道母亲终究有一天必然要穿纸尿裤，但我在心里说："能推迟尽量推迟，就让那一天来得更晚一些吧。"

二是我想到了应对母亲如厕不能自理的办法。

　　这个办法就是掐点管理。具体讲：不管母亲有没有便意，我都会掐着时间，每隔两个小时就带她去卫生间坐一次马桶。

　　这种办法挺有效，从 2017 年 7 月到 2018 年年底，我一直都在使用它。

　　实施掐点管理的起初几个月，我把母亲领到卫生间，她不仅可以按照我的指令，自己脱裤子坐在马桶上，而且在解完大手后，面对我递过去的厕纸，还可以自己完成擦拭。可是到了 2017 年年底，母亲已变得不会脱裤子和擦屁股，这两项工作只能交由我完成。

　　虽说掐点管理是一种行之有效的办法，但在实施期间，难免也有失算的时候。

　　比如，我上午 9 点带母亲去如厕，她在马桶上坐了二十分钟没解大手，起来才一会儿，她却将大手解进了裤子里。

　　再比如，晚上睡觉前，母亲坐在马桶上不解小手，夜里却将小手解在了床上。

　　尤其到了 2018 年后半年，这种失算越来越频繁。无奈之下，2018 年 12 月份，我最终还是给母亲用上了纸尿裤。母亲使用纸尿裤后，我依然坚持着掐点管理，尽量避免大小便兜在纸尿裤里给母亲造成的不舒适感觉。

　　关于睡觉。仔细回想起来，母亲其实从 2013 年夏天开始，就再也没有自觉、主动地睡过觉。

　　关于母亲睡觉，从 2013 年夏天到 2018 年年底，经历了我们对她的提醒、敦促、要求、命令、强制、引导、帮助这样一个全过程。

　　2013 年夏天至 2015 年，这期间就不说了，前面我已经用大量的文字给读者朋友们陈述了那段百感交集的岁月。

2016 年主要是引导。我只需把母亲领到卧室，看着她脱衣上床躺下即可。

2017 年已经变成了引导+帮助。我把母亲领到卧室后，需要反复提醒，她才会脱衣上床，有时候提醒不管用，只能干预。关键是，有时候干预也不起作用——母亲会死死抓住她的衣服不松手，甚至骂人。

2018 年彻底变成了帮助。母亲完全没有了动手脱衣、抬腿上床的意识，我需要替她脱衣，抱她上床。

除了以上关乎自理能力三大方面的变化，母亲还有哪些变化?

行动、体重、语言均有变化。

关于行动。长期以来，母亲很少能做到静坐，基本都是不停地在屋里游逛，但进入 2017 年，母亲的行动明显变得困难。

2017 年 3 月，我想像 2016 年夏天那样领母亲去小区西门理发店剪个发，奈何母亲已经步履维艰。从那以后，母亲的剪发工作都由我在家完成。

到了 2018 年 4 月的某一天，母亲忽然主动坐在了沙发上，从此再也没有起来游逛过。偶尔，我看到她曾尝试着想站起来，结果是，要么无论怎么努力都站不起来，要么站起来了却迈不开步伐。

2018 年 4 月以后，母亲只有在我们的搀扶之下才可以行走。到 2019 年秋，即便是搀扶，母亲也站不起来了。

体重变化。2013 年夏天以前，母亲的体重一直保持在 120 斤左右。之后，母亲体重便逐渐开始下降。伴随体重下降的，是体形消瘦和肢体蜷缩。

到了 2017 年，母亲的体重是 90 多斤。2018 年底，是 80 多斤。

语言变化。母亲语言退化也很严重。

进入 2017 年，母亲不再主动张口说话，也就是说，假如一整天不跟她说话，她就会沉默上一整天。即便跟她说话，她的对答也非常简短，无外乎是"嗯""中""不想吃""滚过去"等。

到了 2018 年年底，无论怎么跟母亲说话，她都不会再回答。

最后，顺带着讲讲药物。

2018 年 12 月，母亲开始停用易倍申、安定片、利培酮这个用药方案。之所以停用，基于以下考虑：一、易倍申的主要作用在于延缓阿尔茨海默病发展进程、减轻护理人员负担，不可否认该药在前期阶段确实有一定效果，但到了 2018 年，随着母亲自理能力丧失，已经感觉不到该药有任何实际作用；二、利培酮在 2015 年曾经成功遏制住了母亲的精神分裂，但对于 2018 年 12 月已经丧失了自理能力的母亲来说，即便精神分裂复发，又能"闹"到哪里去？

当然，这些药物有些在停用之前已经经历过无数次减量或暂停的实验，所以选择 2018 年 12 月停用，并不是盲目的行为，而是实践后的决定。

我在生活的夹缝中写作

我从 2016 年年底开始动笔写委托创作的小说。根据《小说委托创作协议》的约定，我本应该在 2017 年年底前完成这部 23 万字书稿的创作，但我真正的完稿时间却是在 2019 年 2 月 6 日——属于严重违约。由于我的违约，这部书的命运发生了根本性改变。

创作前，我料到了自己的创作过程会很艰难，但万万没料到会如此艰难。

下面这张作息表，最大程度地还原了我自 2017 年初至 2019 年 2 月的日常创作状态。

时间	内容	备注
06:00—06:40	起床，然后陪护母亲起床并如厕	
06:40—07:30	给父母做早餐	
07:30—08:10	喊女儿起床，送她去幼儿园	
08:10—08:40	买菜	中午、晚上及次日早上用
08:40—09:40	陪护母亲如厕，给母亲洗脸，陪护母亲吃饭	
09:40—10:00	洗碗，泡茶，创作前的准备工作	

时间	内容	备注
10:00—10:40	创作	
10:40—10:50 或 11:00	陪护母亲如厕	母亲如厕时间长短取决于她解小手还是解大手
10:50 或 11:00—12:00	创作	
12:00—13:00	做午餐	
13:00—14:00	陪护母亲如厕、吃饭	
14:00—15:00	洗碗,我自己午睡	我的午睡时间一直设定为20到25分钟
15:00—15:30	陪护母亲如厕,陪护母亲午睡	
15:30—17:00	创作	
17:00—17:20	陪护母亲起床并如厕	
17:20—17:40	去幼儿园接女儿	
17:40—19:00	接女儿到家,做晚餐	
19:00—20:00	陪护母亲如厕、吃饭	
20:00—21:00	洗碗,陪女儿	
21:00—22:00	陪护母亲如厕,拖地,洗衣服	
22:00—23:00	创作	
23:00—次日 00:00	陪护母亲如厕并睡觉,自己睡觉	

通过上表，不难发现两点：一是诚如前面所言，对母亲的如厕问题，我采取了掐点管理的办法；二是我一天的创作时间累计起来只有四个小时。

另外，这是一个日常作息表。之所以说"日常"，是因为没有将各种不可控因素考虑在内。倘若考虑在内，我平均每天的创作时间根本达不到四个小时，充其量也就两个多小时。

都有哪些不可控因素？容我逐一列之。

一、房屋漏水。

我住的，是全小区最独特的一栋楼：两梯八户，一共八层。而我家就在顶层。

2016 年，房屋出现了漏水情况，但尚不严重。

2017 年夏雨季节，房屋漏水现象明显加剧，主要集中在客厅和厨房。我请物业人员来看，物业人员看后说："这需要动用维修基金，程序比较烦琐，我们会尽快向上级汇报。"

没想到这个"尽快"，一拖拖到了秋天，二拖拖到了冬天。其间我多次去物业询问，回应的总是各种借口。

2018 年夏季，房屋漏得更加厉害，厨房已经动用了各种器皿接水。我再次请物业人员来看，并对他们说："一切有图有真相，还有视频，假如你们再不作为，我会让你们付出难以想象的代价。"

物业这次总算有所重视，一个多月后，进入了业主签字环节。

何为业主签字？一句话解释：假如我想动用维修基金修缮屋顶，就必须征得楼下垂直七户当中至少六户同意。

这本是物业的工作，但物业很无能，挨家挨户走了一圈，只有两户愿意签字。

物业把这个难题甩给了我。我几乎用了将近两周时间——又是上门说好话，又是敲门送礼品，低三下四，锲而不舍——总算凑足了签字。

签字环节完成后，是房管局实地调查环节。直到过了立冬，才进入施工环节。施工大概用了一个月，其间不堪噪声干扰，我也基本暂停了创作。

这件糟心的事情几乎贯穿了整个 2018 年下半年，搞得我既无心情又无精力去创作。

二、大哥手术。

2018 年 3 月，猝不及防地，大哥因病做了一次手术；手术后，在病房里住了一个多月才出院。这一个多月里，主要是三个人在照顾大哥：大嫂、二哥和我。

大嫂负责白天照顾，二哥和我则轮流着晚上照顾。

每次去医院，我要先等爱人下班进了屋，再将母亲吃药、如厕、睡觉都托付给她，才敢放心走。而在医院陪床，夜里累计只能睡两三个小时，次日回来，原本的创作时间都变成了补觉时间。

大哥住院这段时间，我也基本是只字未写。

三、女儿学琴。

2017 年 9 月，我给女儿在楼下报了个钢琴班。其初衷只是让她有个兴趣爱好，并未打算在这方面投入过多精力。但女儿仿佛遗传了爱人的音乐细胞，学起琴来得心应手。于是我决定认真培养她。

认真培养，就意味着要付出精力。正如 2018 年 12 月 15 日我在朋友圈里写的那样：

> 不知不觉，女儿的练琴时间，已由每天一小时延长到了每天两小时。她不觉得累，我和爱人陪练当然也不会觉得累。我有事时爱人陪练，爱人有事时我陪练，三人组刮风下雨，感冒发烧，不曾一天有断。我告诉女儿："凡事持之以恒，方能学有所成。"这句话既是勉励她，也是勉励我自己。奋斗的闺女，奋斗的爹。

可以想象，本已贫瘠的创作时间，再被陪练占去一部分，会是什么样子。

四、逢年过节家里来客。

北方人热衷于走亲访友，尤其逢年过节，亲戚朋友间你来我往，格外热闹。我个人不太喜欢这种热闹，但因父母跟随我生活，自己便不得不接受这种热闹。每次亲戚朋友来，我都必须做好迎接、陪聊、送别的工作。一年下来，在这方面，至少要占去我二十多天时间。

除了以上四大不可控因素，还有其他一些零碎的因素也多少影响着我的创作。诸如：定期给母亲洗头、洗脚、剪发、剪指甲，给父亲洗澡，女儿周末和寒暑假等。

就女儿暑假对我创作的影响，我还曾在 2018 年 6 月 23 日专门发过一条朋友圈：

> 孩子 7 月份有个钢琴比赛，所以暑假注定去不了外婆家了。而这也与我的创作产生了冲突——她整日泡在家里，

我断然无法静心码字。这个问题苦恼困扰了我好几日。后来想起郑渊洁连续二十八年每天 4 点半起床创作《童话大王》的故事，我决定借鉴。在尝试了一周的早起后，不习惯正逐步变得习惯。这真真是在生活的夹缝里完成的作品。央视宣传语没有错——幸福，是靠奋斗出来的。

此外，现实与创作，是作家的两个世界，从这个世界进入那个世界，并非像游泳扎猛子那样简单，说进就进，说出就出。我不可能上一秒刚清理完母亲因大小便失禁而弄脏的身体和衣服，下一秒就写公输般和女主的情意缠绵。一切恰如有一天我在日记本上有意无意写下的一小段凌乱文字：

> 我每每忙完现实琐事，试图坐下来进入创作世界时，就像是一位失眠症患者拼命想进入梦乡，又像一位程序员，到达梦的世界，不能马上编程，而必须把所有细节再熟悉过滤一遍，找到感觉。刚有感觉，又将被现实叫醒。

2018 年 12 月某天晚上，《小说委托创作协议》中的甲方李姓朋友，约我聊稿子的事情，我把场所安排在了自己楼下的一家小酒馆。聊至一半，我起身对他说："抱歉，母亲如厕时间到了，我得上楼一趟，麻烦您稍等片刻。"

说是稍等片刻，实际当我再回到小酒馆，已是半小时之后。朋友仿佛明白了一些事情，对我说："我万没想到你的创作会如此艰难，慢慢写吧，写完就好。"

见缝插针，千磨万击；坎坎坷坷，踉踉跄跄。2019 年 2 月

6 日，我终于为这部小说画上了句号。

盘点创作期间岳父母及爱人对我的支持

实际上，岳父母及爱人对我的支持一直贯穿我照顾母亲这十年始终。具体到这一章节，我只谈 2017 年初至 2019 年 2 月间他们对我的支持。

岳父母对我的支持，主要体现在两件事上。

第一件事。2017 年初，原本一直围绕贵州、云南、海南寻找适合养老之地的岳父母，见我疲于在创作、陪护母亲、接送女儿间周旋，遂暂停了行动，欲来郑州我住的小区租房，帮我照顾女儿。

岳父母提出的这个想法，被我果断否决了。我给他们的回复只有三句话："感谢爸妈，心意领了。不能因为我这边的事儿而耽误你们养老的大事儿。如果你们来了，反而让我的心更不静，更不利于创作。"

岳父母是明理人，看我这态度，便不再勉强。尽管岳父母的想法最终没有实施，但他们的真诚和无私是毋庸置疑的。

第二件事。岳父母见我不同意他们来郑州，便继续他们的南下之旅，并很快在海南五指山购置了一套房产。

2018 年 6 月份，岳父对我说："我和你妈下个月就去海南生活了，这边的车是个问题，要不你回来一趟，把它开走吧。"

我说："你们可以把车开海南去呀。"

岳父说："算了。一是年龄大了，长途开车不安全；二是五指山是个小地方，车开过去也派不上什么用场。"

岳父这辆二十多万的 SUV，是他退休后买的，三年多时间才跑了不到五千公里。岳母曾不止一次冲我发牢骚说："这车留你爸手里纯属糟蹋，你赶紧把它开走。"

我回郑州这七八年，一直也没有买车。一是不上班，买车用途不大；二是经济条件有限，想买也没钱；三是陪护母亲用车，可以借二哥的。尽管二哥 2014 年又买了辆新车，想把旧车无偿送给我使用，但被我拒绝了。之所以拒绝，应该还是我那倔强的经济独立思想在作祟吧。

面对岳父母的车，也是同样道理——婉言谢绝是最好的选择。

所以我对岳父说："五指山地方再小，有辆车，还是会方便很多。你若怕开车去海南不安全，我送你们吧。我妈这边情况还好，二哥可以临时陪护两天。我开车把你们送到海南，再坐飞机回来。"

岳父考虑了一下，说："要不这样吧。车你先开郑州去，等我和你妈把五指山家里安顿妥当了，你再给我们送来。因为这次去，一切都是乱七八糟的：要先领钥匙，再买家具，小区有没有车位、能不能停车，都还不知道。城市环境也没摸清楚，贸然上路，根本不知道该怎么走。"

我听了，觉得也有道理，便利用周末爱人休息的时间，去武汉把车开了回来。

没想到，这是岳父的缓兵之计——车来郑州后，再也还不回去了。

还是爱人那句话说得通透："你就别再纠结了，爸妈其实就是想找借口送我们一辆车，没准当初买车时候就已经规划好这一天了。"

跟岳父母在大事上支持我不同，爱人对我的支持多数体现在琐碎方面。比如：为了给我营造一个安静的创作环境，她在休息的时候，都会尽量把女儿带出去玩；大哥住院期间，或者我遇到重要而无法推掉的应酬时，她会克服困难在家里帮我陪护好母亲。

我保存有不少关于爱人在各方面支持我的微信聊天记录，现从中挑选出一部分，呈现如下：

2018年2月27日21:47

童童：妈九点二十解了小便，九点二十五用牛奶喝了药，我做运动去了。

我：好的。给爸说一下，我十一点多回去再让妈解手、招呼妈睡。

童童：好的。

2018年3月31日 早上07:53

我：……

童童：我刚才招呼妈呢，等下给你回复。

（十分钟后）

童童 今天早上妈不肯翻身,不肯穿衣服。我就给她套毛衣,她说我要杀她,一激动,自己就坐起来了,抓着我的手不松。然后我说我是你儿媳妇,给你穿衣服呢,妈听明白了,就不闹腾了。

2018年4月7日 22:15

童童 今天受委屈了,招呼妈睡觉时,脸上挨了妈一巴掌。

严重不? 我

童童 不严重。就是妈情绪有点激动,最开始抓着衣服不松手,后来好不容易把衣服脱了,躺下来又激动地折起身子,最后又抓着被子不放,不让我盖被子,唉!

还是药的事,以后坚决不能断,而且必须按固定规律服。委屈你了。 我

童童 嗯,确实,停药就容易激动。好了,不说了,我去晒衣服了,娃已经睡了,你也尽量早点睡。

2018年4月15日 凌晨00:47

童童 娃秒睡了,今天晚上爸在沙发上打了两个小时的盹,从吃完饭到我扶妈去上厕所、睡觉。妈今天晚饭自己吃了一点,后来我喂她,她都不肯张嘴了;上厕所也很费劲,不肯脱裤子;晚上睡觉不肯脱棉袄,最后还剩一个袖子脱不下来,我让妈抱着棉袄睡了。我去反锁门、晒衣服了,你晚上多休息吧,晚安。

妈是一阵迷,再遇到类似这情况,可暂时让她抱着睡,然后过个十多分钟再去给她脱。 我

2018年7月8日 18:12

妈现在解手自己站不起来,过几分钟你得搀她起来。 我

童童 早就解完啦!

（四十分钟后）

童童 妈已经喝了中药,吃了鸡蛋糕。现在准备照顾娃洗澡。

好的,九点四十到家。 我

2018年12月24日 15:32

童童 解出来了,小便。

好,睡吧。我到家直接拿接送卡,不打扰你。 我

童童　好的。

童童　已经招呼妈起床了,七点半起的,但是估计还是尿在尿不湿里了,上厕所没解出来,但尿不湿是满的。我给妈换了个尿不湿,准备洗漱出去买吃的。

谢谢你了,下次等我回去换。　我

童童　那有啥谢的,我多干点活,你不就能少干点活,帮你减轻负担还不好吗?

童童　扶妈上了两次厕所,都没尿。算了,扶她睡觉去。

好,早点睡,闹钟定到六点五十分,起床后先招呼妈解手,再给小飞飞穿。辛苦了,坚持一下,也就这几天。　我

童童　好的。

童童　今天终于摸着妈的脉了,尿了一大泡,激动得我连厕所也不舍得冲了,哈哈。

2019年1月24日 早上06:36

妈起床后如厕,解了好,不解你就直接送娃、上班。如果尿不湿满了,也不用换,等我回去收拾。这几天你也很辛苦,要保持好心情。 我

(半小时后)

童童 今天顺利接到了妈的第一泡尿。

辛苦了。 我

第九章

2019

救赎

事业和家庭的双重危机

2019 年 2 月 6 日（正月初二）0 点 4 分，我写完了委托创作小说的最后一个字。在结束了两年多五味杂陈的艰难创作历程后，我感到无比轻松，像是放空了自己，全身心地陪家人过了一个大年。

不过，当过完年，人们的生活和工作重归秩序，我也开始变得心事重重起来。首要的心结便是这本小说。

因为我的违约，十万元创作经费并没有全部拿到手。这尚算小事。真正的大事是，由于我延期交稿，这部书的命运发生了根本性改变。

2018 年下半年，某明星的逃税事件，引发了娱乐圈查税风暴。风暴不仅波及了《小说委托创作协议》中的甲方，还击碎了影视圈的热钱泡沫，从此，大 IP 版权交易一蹶不振。

李姓朋友说："假如你能如期完成作品，完全有可能在查税风暴前捞上一把。"

李姓朋友不是甲方老板，只是甲方的职业经理人。于公，他要对老板负责；于私，他无限同情我这位挚友。面对他流露出的惋惜，我却并没有太多的懊悔，因为写这本小说，我已经将能力、时间、精力都发挥到了极限；并且，我信奉的是"道法自然"。

我真正的心结在于这部作品的版权。

听李姓朋友话里的意思，可以得知：甲方公司运营举步维艰，加之大环境影响，其在打造春秋人物这个 IP 上，显得心有余而力不足，换言之，我的这本小说极有可能被当作一栋烂尾楼搁置在那里。

既然如此，那就把版权拿回来吧！

我明确告诉李姓朋友：我想赎回书的版权。李姓朋友同意就此事进行斡旋。几个月时间，从没有希望到柳暗花明，2019年年底，我终于以极小代价——几万元——成功赎回了小说的全部版权。所谓"管中窥豹，可见一斑"，透过几万元赎金，足以推测出甲方缺钱之严重。

这本小说的变故，对我的经济独立是一个较为沉重的打击。

2019 年春，我和爱人的家庭存款为负值，而同时我所面临的经济开支问题却有一大堆。诸如：2013 年春入住的新房，短短几年，屋里就被母亲折腾得破烂不堪，无论硬件还是软件，都亟须改善；因屋顶漏雨而造成的天花板斑驳脱落，令人不忍直视，也需要修复；女儿自学琴以来，一直都是在琴班练琴，她十分希望能拥有一架属于自己的钢琴；还有女儿下半年就要入小学了，届时择校还存在一些未知费用，亦不得不提前做好准备。

我因此而产生了前所未有的危机感。这种巨大的危机感，让我彷徨、迷茫，让我彻夜难眠。

我的焦虑，爱人尽收眼底。她启发我："你是否考虑过给妈请个专职保姆？这样，你就能解放出来忙创收了。"

2014 年秋，我就是这样想的——计划 2015 年春在老家给母亲请个保姆（玲姑），把自己解放出来——遗憾的是，当计划开始实施时，母亲却出现了精神分裂。

而今，母亲身体进一步衰退：已经无法独自站立，只有在搀扶下才能够挪动行走，往昔的"打骂砸"早已荡然无存。如此既稳定又不找事儿的状况，确实符合请专职保姆的条件。但关键问题是：我如何承担得起不菲的保姆费用？

请保姆，会让我本已是负值的经济雪上加霜——毕竟我不可能一解放就有收入；但不请保姆，我则永远无法解放出来忙创收。

这实在是非常矛盾的问题。我为此而犹豫不决。

援助之手

2019 年 4 月，一次普普通通的同学小聚，让我的生活出现了转机。

说转机之前，我有必要先将故事线拉回到 2005 年。

2005 年夏天，我抱着与全世界决裂的态度，开始了自己的流浪生活。对所有高中同学而言，我就像从人间蒸发了一样，即便我 2010 年重回郑州，也是悄然得像个幽灵。

直到 2014 年秋，在平顶山统计调查部门工作的徐同学，不知从哪个途径得知我和父母正在老家，遂对我的山居生活来了个突袭密访，之后，经徐同学串联，更多高中同学和我重新取得了联系。我由此甚至还结识了不少高中时不曾交流过的、正在郑州生活和工作的同学——其中就有律师兼做饭店生意的马同学和做高速机电项目的杨同学。

我是先通过高一同桌李同学结识的马同学，又通过马同学结识了杨同学。

马同学好客，逢年过节总喜欢叫上关系好的同学聚一聚。这些关系好的同学里就有我和杨同学。

由于我特别在意礼尚往来，聚了几次后，便执意要回请一下。

回请时间定在 4 月中旬的某天晚上，地点选在楼下的小酒馆。回请对象包括马同学、杨同学、省国资委许同学、刑警上官同学、大学教授张同学、医院主任宋同学。

喝酒间，杨同学突然发话说："我倡议成立一个鲁非创作基金，专门支持他的创作。"

言罢，附和声一片。

我被这突如其来的一幕整得有些发蒙，一个劲儿地说："不妥，不妥。"

杨同学对我说："别客气，同学们都是真心的。你估算一下每月生活开支有多少？"

我还是说不妥，然后把话题岔到了别的地方。

本以为这只是酒至深处的即兴豪言，没想到几天后杨同学再次提及了此事。

那天晚上，是因为在省国资委工作的许同学分身乏术，无法同时应对两场接待，遂请我和杨同学过去替他接待其中的一场。赶巧那天爱人调休，我欣然受命。我和杨同学完成接待、送走客人后，两人又坐下来喝到了差不多次日凌晨 1 点。杨同学旧事重提，这次，他说得比较多。

杨同学向我谈起了他的童年、他的家庭、他的爱情，还有他曾经的文学梦想。他说："贫穷，迫使我走上了经商道路，但也由此让我丢掉了初心。看你十几年前与全世界决绝的勇气，再看你这九年虽日夜陪护阿姨却始终坚持梦想的勇气，我就情不自禁地在想：无论如何，我都要支持你走下去。你代表着一种精神，如果你的精神倒了，我就会黯然认为，这个社会，除了物欲横流，再也不剩下什么了。"

我和杨同学喝得都有点多。我隐约记得，他还向我说起了北岛的诗："那时候我们有梦，关于文学，关于爱情，关于穿越世界的旅行。如今我们深夜饮酒，杯子碰到一起，都是梦破碎的声音。"

杨同学的两番话，仿佛在叩打我的心灵，让我开始严肃思考此事。第二天，我就此事咨询擅长策划的李姓朋友，征求他的看法。李姓朋友说："这是好事，但不能过度消费他人的善良。建议把'鲁非创作基金'改为'鲁非创作支持协议'，这个协议我可以帮你起草。"

很快，李姓朋友就起草好了协议。协议主要内容如下：

一、甲方共____名同学每年支持乙方十万元创作经费，连续支持三年，经费共计三十万元；

二、乙方五年内创作出三部小说，三部小说 45% 的影视改编收益归甲方共____名同学所有。

我认为协议很好，但拿给同学们看，同学们却都不赞同。他们都说：只想无偿支持我，不想要任何收益。

无偿支持我，我无法接受；给他们收益，他们无法接受。事情一度僵持在了那里。后来，我逐一做他们的工作，来来回回谈判了半个多月，总算说服了他们。

协议签字前，在南方做地产生意的何同学也参与了进来。如此，甲方一共七名同学，其各自出资比例，根据自身情况，不尽相同。

协议签字是在马同学饭店进行的。那天晚上，我动筷之前空腹连干九杯白酒，以示感谢；结果醉得一塌糊涂，狼狈不堪。酒局结束，我依稀记得上官同学送我上出租车时说了一句："你慢慢写，别有压力，五年写一本也中。"

给母亲请专职保姆

"鲁非创作支持协议"的签订，让我在是否给母亲请保姆的问题上变得不再优柔寡断。

我想："假如不给母亲请保姆，可能这份协议跟上次的《小说委托创作协议》一样，最终难逃违约厄运。"恰巧李姓朋友也建议我："是时候给阿姨请保姆了，不然你五年内根本写不完三本小说。"

我因此而下定了请保姆的决心。

决心下定后，并不意味着马上就可以请了。还要一步步地来。

第一步，父亲和二哥是否同意请保姆？能否说服他们？

尽管我感觉问题不大，但也不能说一点忐忑都没有。毕竟这次请保姆跟 2015 年春请保姆有太多不同。2015 年春，是在老家，母亲尚算清醒，请的也是熟人（玲姑），费用较低；如今是在郑州，母亲生活已经不能自理，请什么人还没说，费用也偏高（约是老家两倍）。

在请保姆方面，我揣测父亲最大的顾虑有两点：一是费用太高，二是陪护不放心。至于二哥，他最大的顾虑应该不在费用太高，只在陪护不放心。

所以，在就此事跟父亲和二哥商谈上，我不能太随心所欲、有口无心，而应该提前酝酿好一套说辞：开场先阐述必须请保姆的原因——出于个人事业及家庭生活发展考虑；接着谈保姆费用——我和二哥均摊；最后谈保姆人选——优先考虑熟人。

我觉得自己这套说辞逻辑清晰、条理分明，既能表明自己请保姆的决心，又能在一定程度上消减父亲和二哥的顾虑。

我把这套酝酿了一整天的说辞道给父亲后，父亲没有异议；道给二哥，二哥也没有异议。

第二步，物色保姆人选。

我和父亲考虑的首要人选都是玲姑。我让父亲给玲姑打电话，问她是否有意向来郑州陪护母亲。不想得到的消息是：玲姑不久前被确诊为慢性肾炎，她很想来，但身体却不允许。

我们又在家乡物色了几个人选，结果要么是不愿意来，要么是子女不同意来，要么是脱不了身。

看来选熟人是不可能了。我试探性地问父亲："要不通过家政公司找？"

父亲沉吟不决。我知道他在担心什么，遂开导他说："其实通过家政公司找保姆，比请熟人当保姆要好。通过家政公司找来的保姆，如有做得不好的地方，你可以当面说她，也可以辞退她，但熟人有做得不好的地方，你既没法说她，也没法辞退她。另外，我们始终应该相信，世上还是好人多，那些不良保姆，毕竟占少数。就好比交通事故——难道有事故，我们就永远不出行了吗？更何况，你我整天都待在家里看着呢，能有啥事儿？"

一番话，打开了父亲的心结。他痛快地说："我赞成通过家政公司找。"

第三步，请保姆之前的准备工作。这项工作堪称烦琐。

我先花费一星期时间修复了因漏雨而斑驳不堪的天花板，接着是拆洗家中全部窗帘，网购并更换家中所有坏灯具，再更换厨房的杂牌油烟机、灶具、热水器。

待这些做完，开始给保姆腾房间。

房子是三居室，原本父母一间，我和爱人一间，女儿一间，现在只能将女儿房间腾出来。那女儿怎么办？想来想去，只能让她跟爱人住，我则在本小区另租单间。

租好单间，我又鬼使神差地想："自己在家里住时，并不担心家里会发生什么；自己马上不在家里住了，万一家里或所在单元楼发生火灾，该怎么办？"

深思熟虑之下，我为家里购置了消防设备——防烟面具和逃生缓降绳。

以上三步完成，才正式进入请保姆环节。

我先后考察了三家家政公司，最终确定了其中一家，并很快通过其找到了一位四十七岁的女保姆。

雇用合同核心内容如下：

一、保姆工作范围与职责：陪护母亲、做饭、拖地、洗衣服。

二、薪酬及休假：月薪四千元，单休。（一年后，我主动将月薪上调到了四千五百元。）

保姆是 2019 年 5 月 27 日上岗的。

彼时母亲已经彻底无法站立，每天除了躺卧，就是在沙发上静坐；语言上，一句话都不再主动说，问话也不回答，只有当我们兄弟三个叫"妈"时，她才会"嗯"上一声；意识上，表面看似乎已经不认识人，但我凭直觉坚信她还认得家人（只是丧失了表达能力而已）。

看着保姆全盘接手母亲的"陪护"，我心里忽然空落落的——那是一种亲情上的难以割舍。

于是在保姆上岗的第五天，我对她说："以后我妈的脚还是由我来洗。"

保姆说："那怎么行？这是我的工作。"

我说："我知道。但这是我主动要求的。您的到来，包揽了一切，使我不再辛苦，可也彻底割裂了我和母亲的情感纽带，我想对母亲留点温存，现在她还记得我，我不希望她那么快就忘记了我。"

保姆听懂了我的意思，便不再勉强。

就这样，我的生活开始进入了一个新的轨道：保姆陪护着母亲，爱人继续上她的班，女儿秋季入了小学，我忙着写作品。总的来说，2019 年下半年的日子，既琐碎，又平淡，没有大事件发生，却有不易察觉的变化存在。

这种变化是指母亲，具体表现在两个方面。

一方面，夏秋时候，母亲依靠保姆双臂的托架，尚能在客厅沙发和卧室床之间挪动着行走，但到秋冬时候，这种能力已然丧失殆尽，行动只能借助轮椅。

另一方面，雇用合同里约定保姆"单休"，但因她是南阳人，回一趟家不容易，所以我采取了"攒假"模式，让她一个半月休一次，一次休六天，这六天里由我陪护母亲；每轮一个"六天"，我都能感受到母亲各项机能的退化，比如：体重持续减轻，身躯逐步蜷缩，进食越来越困难……

第十章

2020

重新审视和思考人生

新冠疫情笼罩下的生活

原本，我对 2020 年寄予了厚望——母亲在保姆陪护下能够安安稳稳，我的创作能够顺顺利利。然而年初突如其来的新冠疫情，打破了这种愿景。

1 月 19 日（腊月廿五），保姆回家过年。按计划，她应该在 1 月 31 日（正月初七）回来上班。但受新冠疫情影响，直到 3 月 8 日，她才重回岗位。

从 1 月 19 日到 3 月 8 日，一个多月时间里，我既要陪护母亲、做饭，又要忙女儿的网课、作业、练琴，明显感到独力难支——其主要原因是陪护母亲的难度较之以往大幅增加。

比如吃饭。内容上，母亲以前都是我们吃什么，她跟着吃什么，但到了 2019 年，她只能吃半流质食物，再到了 2020 年，她连半流质食物也吃不了了，只能吃流质食物；方式上，母亲以前是自己吃饭，后来变成我们喂着吃；难度上，从没有难度（自己能把饭都吃进嘴里），到难度渐渐增加（自己吃一半掉一半），再到难度越来越大（喂饭时一口饭能在嘴里噙半天）。吃饭的内容、方式、难度，这三方面的变化，导致了同一个问题出现——时间成本增加——不仅要专门给母亲做饭，而且因为母亲进食困难，每次给她喂饭都要经历饭凉了加热、加热了变凉、变凉了再加热的漫长过程。

比如起居。以前，母亲在我们引导下，可以自己脱衣睡觉、穿衣起床。逐渐，母亲需要在我们搀扶下睡觉和起床，在我们帮忙下脱衣和穿衣。后来，母亲睡觉时我们要把她从沙发上抱到轮椅上，再从轮椅上抱到床上；起床时我们要把她从床上抱到轮椅上，再从轮椅上抱到沙发上。这种作息方面的变化，所导致的不仅仅是时间成本的增加，还有精力成本的增加。

比如大小便。2017 年和 2018 年，对于母亲如厕问题，我主要实施的是掐点管理，这种方式虽然把我的时间分解得支离破碎，但并不怎么耗费我的精力。2019 年，随着母亲失禁程度日趋严重以及行动能力丧失，其大小便只能完全依赖纸尿裤，这种方式看似省事，实则清理工作十分麻烦，可谓既耗时又耗力。

尽管照顾母亲的时间成本和精力成本有所增加，但在 2 月 11 日前，我一切还能扛得住。一过 2 月 11 日就不行了，由于女儿网课开始（包括学校网课和钢琴网课），我明显变得力不从心。

结果就是，我对母亲的陪护有所松懈，无论她的起床、睡觉，还是纸尿裤更换，都变得不那么及时，导致她出现了褥疮。

发现母亲生褥疮，是在 3 月 5 日。那天我又愧疚又难受，夜里喝了不少酒。第二天，我给保姆打电话，说："全省交通管制已经解除了，只需凭当地卫生部门开具的健康证明就可以出行，你能否早点过来？"

保姆说可以。3 月 8 日，时隔一个多月，她终于重新接手了陪护工作。

她认真看了看母亲的褥疮,很专业地说:"褥疮不在背部,在屁股位置,应该是纸尿裤更换不及时,加上坐得太久,连捂带蜇导致的。你最好能在网上买个防褥疮气垫床,这段时间就不让她起来了,我每天用盐水给她洗,另外纸尿裤再换勤一点,很快就没事了。"

我立即在网上下单购买防褥疮气垫床,气垫床投入使用后,感觉相当不错。

由于保姆护理得当,母亲的褥疮二十多天后便痊愈了。

在母亲得褥疮之前,其作息是这样的:早上起床——坐轮椅下楼晒太阳(透气)/沙发静坐——回床午休——沙发静坐——晚上睡觉。

在母亲褥疮痊愈以后,我与保姆合议:以后只让母亲上午坐半天,下午至次日早上都让她在气垫床上躺着,以免随着天气转热褥疮再度复发。

由此,母亲正式进入了卧床阶段。

重新审视人生

疫情防控期间,最让我忧愁的事情是无法创作。虽然保姆3月8日返岗,将我从陪护中解放了出来,但我还要负责女儿的网课和作业。直到5月11日,女儿学校宣布复课,我才得以静下心来考虑创作问题。

自从 2019 年 5 月跟几位同学约定好五年创作三部小说后，我就琢磨着一定要把烂尾了快十年的以家乡为故事背景的早期作品（以下简称"家乡故事"）给写完，好作为三部小说中的第一部。整个 2019 年下半年，我也正是这样做的——每天在租的小屋里苦思冥想，奋力笔耕。

然而，疫情改变了一切：2020 年的前四个多月，我把所有精力全放在了家庭上，小屋退了租，小说只字未写；而当 5 月份真正可以写了，我却又踌躇起来。

我开始思考：究竟什么样的作品才是有意义的？

应该说，一方面，"家乡故事"是我倾注了极大感情和心血的作品，也是我雄心勃勃地想把"浪漫主义"发挥到极致的一部作品；另一方面，它只是一个复仇故事，除了故事精彩，再无其他。

另外，当 2010 年我构思并初写"家乡故事"的时候，我三十岁；而今 2020 年，我已四十岁。从而立至不惑，随着年龄和阅历的变化，一个人对人生、社会、爱情、亲情等的认知也不可避免地会发生变化；这也说明了，为什么这十年当中我每一次捡起"家乡故事"，都要对它进行重新构思、大幅修改。

假如没有疫情，我很可能会延续 2019 年下半年的创作状态，一鼓作气地完成"家乡故事"。但疫情的出现，改变了我的想法。

四个多月里，由疫情所引发的无数生离死别、英雄逆行、民族大义……深深刺激着我，让我开始重新审视和思考人生：人为什么而活？什么才是人最重要的东西？自己是应该继续远离尘世纷扰，躲在象牙塔里编织浪漫故事，还是应该直面现实，于世俗之中感悟生命的真谛、探寻活着的意义？

如此反复嚼想，"家乡故事"渐渐变成了鸡肋。既然"家乡故事"成了鸡肋，那我又该写什么？

一时间，我的思绪飘忽不定。

就这么一直到了 5 月底，偶然的一次三人小聚，对我的创作方向有所启发，甚至起到了决定性的作用。

我不妨从小聚的"前传"说起。

2018 年，经李姓朋友引见，我结识了在省文联工作的李老师。2019 年，李老师举荐我加入了省作协。从此，李老师于我，亦师亦友。

2020 年 5 月底，李姓朋友忽然发出倡议：三个人小聚一下。聚会中，两人建议我写一本"当我的妈妈患上阿尔茨海默病——十年陪护手记"。李老师说："这是一部充满正能量的书，你应该把它写出来。"

我没有马上答应。这个建议来得太突然，我毫无心理准备。不过话说回来，即便我有心理准备，也未必能做到马上答应。

我是一个不太愿意将隐私公之于众的人。尤其陪护手记这种隐私，里面有很多我自认为敏感的地方，会涉及很多人，比如亲戚、同学、朋友、医生……正面的，自然没事；负面的，难免产生伤害。可假如将这些敏感成分都过滤掉，这书又不足以成为书。

再者，往事不堪回首。写陪护手记，就意味着我必须把经历过的痛苦再细细品味一遍。我无法坦然地去品味这种痛苦，更无法把这种痛苦示于众人，以博同情。

总之，写还是不写，我感到两难。

后来 6 月份相继发生了两件事情。正是这两件事情，让我逐步坚定了写陪护手记的决心。

第一件事情。

一天，年过八旬的父亲突然对我说："你抽空在网上把你妈和我的送老衣给买一下。"

送老衣?! 我被震得一惊："现在你俩都好好的，着急买那干啥?"

父亲说："还是提前准备好，免得到时候来不及，我们走得不体面，你们脸上也无光，让村里人看笑话。"

父亲这番话，听得让人哀伤。

"既然想提前买，那就买吧。"我说，"不过，送老衣不就是寿衣吗？去寿衣店买就行，没必要在网上买。"

父亲摆摆手："不要寿衣，寿衣不好看。就买平时穿的，稍微洋气点就好。"

我这才明白父亲的意思。他这种革新的思想，让我既惊讶又敬佩。我说："好! 就在网上买。有什么要求?"

父亲说："你妈和我，都买成'上七下五'——从外到里，上身七件，下身五件。"

我怀着肃穆而又沉重的心情说："知道了，我先列个清单，给你参考一下。确定后再买。"

我琢磨好一阵，列出了一个清单。

父亲	上身	①呢子大衣	母亲	上身	①羽绒服
		②薄棉袄			②春秋款外套
		③中山装			③棉马甲
		④无袖毛衫			④毛衣
		⑤衬衫			⑤保暖秋衣
		⑥秋衣			⑥薄秋衣
		⑦汗衫			⑦背心
	下身	①裤子		下身	①裤子
		②绒裤			②绒裤
		③保暖秋裤			③保暖秋裤
		④薄秋裤			④薄秋裤
		⑤内裤			⑤内裤

父亲看完清单，表示很满意，说："买质量好一点的，这钱我出。"

衣服很快就买回来了，我将其分装成两个箱子，7 月份让二哥捎回了老家。

这件事对我触动很大。对于生活中的某些敏感（尤其父母老去）话题，我总是习惯刻意避谈，没想到父亲在这方面会表现得如此自然。问题是客观存在的问题，但每人看待问题的方式却不同。这就是感性和理性的区别。

那么，在面对"陪护手记"这个问题上，我是否也可以用理性的方式来看待呢？我禁不住陷入了沉思。

第二件事情。

朋友向我推荐了一本书，《妈妈，对不起——写在妈妈得了阿尔茨海默病之后》，作者是日本的松浦晋也。

"这不跟'陪护手记'的题材很像吗?"出于好奇，我网购了一本。

其腰封文字如下——

> 阿尔茨海默病
>
> 1000 日的看护手记!!
>
> 感动日本! 让无数读者泪目!
>
> 绝望×煎熬×悔恨
>
> 不忍直视却又不容回避的真相
>
> 妈妈的"老年痴呆"让她越来越健忘和粗心，这些我再清楚不过，可是那天我还是没忍住，打了她……

单看腰封文字，很煽情，营销味也很足。内容又如何呢?

我认真读了一遍。读后感有两点，一贬一褒。

先说"贬"。书并没有像腰封上说的那样让我特别感动。究其原因，一是或许同为"局中人"的缘故;二是作者总共陪护了母亲两年多时间，最终还是将其送进了养老机构;三是我认为故事陈述得比较粗犷，感情描写不够细腻。

假如我写陪护手记，我情不自禁地想，会不会比这本书写得好呢?

再说"褒"。通过书中，我了解到日本有专门针对阿尔茨海默病的养老机构。而目前我们国家还没有。

还有书中提到了"陪护保险"。也就是说，日本在阿尔茨海默病方面是有公共陪护保险制度及援助体系的。而目前我们国家尚未建立这种制度及体系。

这让我若有所思：假如写"陪护手记"，它决不能单单是一部情感作品，还要有社会意义。

若要概括 6 月份两件事情对我的影响，我觉得：第一件事情带给我的是触动，第二件事情带给我的是心动。

心动促使我决定写"陪护手记"。

心如止水鉴常明，见尽人间万物情

创作方向确定了，接下来要确定的是创作环境。我该待在哪里创作？还在小区租房吗？一场疫情，让我变得恋家，我再也不想出去住了。那该怎么办？

2020 年 7 月 11 日，我曾写了篇日记《午夜不醉谈·亭子间文学》。在这篇日记里，我很好地回答了"如何解决创作环境的问题"。

午夜不醉谈·亭子间文学

二十世纪二三十年代，老上海石库门的房子，在二楼拐角处，通常会有个低矮的夹层小屋，人称之为"亭子间"。它朝向北面，底下是厨房，上面是晒台，冬冷夏热，常用作堆放杂物，或居住用人。也有一些房东将它出租，以补贴家用。

　　彼时，一大批怀揣文学梦想的人聚集在上海，如巴金、周立波、萧军、萧红、关露等，他们经济拮据，只能住得起亭子间。这些作家在条件艰苦的亭子间里创作出了大量的文学作品，后人称之为"亭子间文学"。

　　言归正传——

　　我在郑州的房子是三室两厅，早些年，母亲病情还不严重，女儿也尚小，那时候我是可以拥有一间卧室兼书房的。后来随着女儿长大，先是把书房改造成了儿童房，再后来母亲身体每况愈下，家里不得已请了保姆，儿童房又变成了保姆的房间。女儿只好跟着妈妈睡，而我也不得不在小区附近为自己租了间小屋。然好景不长，随着疫情蔓延，租房被迫中止。

　　今年3月，保姆归岗，但恋家的我再也不想出去租住，遂在主卧阳台上安置一张行军床，中间扯上帘子，也算是勉强实现了与妻女分房而睡。

　　睡觉场所马马虎虎地解决了，但创作场所一时却解决不了。起始，我把书桌也搬进了阳台，心想着写作也能像睡觉那样凑合个一年半载或三年两载的，很快，我发现不行。

　　首先，创作需要静，想要女儿不打扰我几乎是不可能的。其次，我平时不抽烟，但创作一定要有烟，在阳台抽烟，烟味会弥漫整个主卧，这必将有害妻女健康。

　　几经苦思，我打起了主卫的主意。主卫狭长，从门到窗，依次是盥洗区、马桶、淋浴区。起初装修新房时，因手头紧张，我没有搞干湿分离。然而此刻，这"干湿分离"却给了我灵感。

我花一千五百块钱买了一套隔断门，折腾两天安装完毕，从而完美地将主卫一分为二。外面靠门是盥洗+马桶区，里面靠窗是淋浴区。

我在淋浴区内放置了一张六十厘米宽、八十厘米长的铁皮小桌，用于创作。在这间只有立锥之地的小屋里，我想我是可以肆无忌惮地抽烟的。当洗澡时，我只需把笔记本电脑撤走就可以了，桌子是铁质的，椅子是涂漆的，无须担心水淋。

这，便是我的"亭子间"；作品《当妈妈患上阿尔茨海默病——十年陪护手记》，将会从此处诞生。

创作环境也搞定了，接下来是动笔。

我原以为电脑文档一打开，自己积攒了十年的情绪会如决堤的洪水一样，汹涌奔腾，一发不可收。

没想到我错了。

我紧盯电脑屏幕两个多月，硬是没写出一个字。

我不知道问题出在哪里，又好像知道问题出在哪里。或许还是自己的敏感和内敛在作祟，以至于始终无法把最真实的心理活动通过文字给展现出来。

时光悠悠到了 10 月。一天，远方一位张姓朋友对我说："你来我这儿转转吧，我这儿风景好，没准转转就有灵感了。"

这位张姓朋友是信阳市光山县大苏山国家森林公园的工作人员，前几年在郑州待过一段，跟他关系好的，除了我，还有兰考的张姓朋友和光山的刘姓朋友。于是，10 月 17 日，我让兰考的张姓朋友和光山的刘姓朋友陪同我一起去见大苏山的张姓朋友。

大苏山张姓朋友那里的风景确实奇特，冈峦起伏，村落栉比；绿柏参差，幽草通径；烟缭湖泽，雾锁寒山。景区内有一千年古刹，隐于平湖尽处、丘壑之间。当我沿着古刹前的石阶拾级而上、穿越"解脱门"时，忽然"心如止水鉴常明，见尽人间万物情"，觉得自己突破了心理障碍，能够写出最真实的文字了。

2020 年 10 月 26 日，我坐在"亭子间"里，心境异常平静地写下了《当妈妈患上阿尔茨海默病——十年陪护手记》的开头。这一天，意义非凡。因为 2010 年 10 月 26 日，是我回到郑州陪护母亲的第一天，距今恰好整十年。

第十一章

2010 2012 2014 2016—2017 2019

2011 2013 2015 2018 2020

启示录

"久病床前无孝子"？

日本作家松浦晋也在《妈妈，对不起——写在妈妈得了阿尔茨海默病之后》中坦白自己动手打过母亲。该书的中文版腰封上写着：妈妈的老年痴呆让她越来越健忘和粗心，这些我再清楚不过，可是那天我还是没忍住，打了她……

具体打的细节，书中是这样描述的：

> 10月23日周六那天，我迟了一步下厨房，于是在冷冻食品遍地的厨房里，母亲盯着我的脸向我控诉："肚子饿！肚子饿！"明天争取按时吧，我想，却有另一个声音清晰地在大脑里回荡："教训她！如果明天还敢捣乱，再教训她！"
>
> 翌日傍晚，我和往常一样在那个钟点出门采购，花的时间久了些，匆匆忙忙赶回家时已过6点。印象中最迟不过5分钟。
>
> 我以为赶上了，迎接我的依然是厨房里的一片狼藉和母亲"饿！饿！"的埋怨。
>
> 回过神来，我已经扇了母亲耳光。
>
> 母亲则毫不示弱。
>
> "居然打你妈！这种事你也干得出来！"她攥着两个拳头打过来。软绵绵的拳头落在我身上，一点感觉都没有。

然而，付诸暴力的冲动一旦喷发，我便再也压不住它。绕过母亲的拳头，又一巴掌打在母亲脸上。"干什么！干什么！疼啊！你这家伙！"承受着母亲的怒吼和拳打，第三次，我动手打了母亲的脸。

只用手掌，大概是因为心里明白，用了拳头便无可挽回，下意识地有所收敛。事后回想起当时的心境，理性上的必须停手和想要冲破压抑的快感相持不下，以至于情感的部分夹在中间崩断了线。就像发生在不切实际的梦里一样，我和母亲纠缠在一起，扭打在一起。说扭打其实对母亲不公平，因为我感觉不到疼，疼的是母亲。我想住手又停不住手，机械地抽打着母亲的脸。

意识被拉回来，是因为血在滴。母亲嘴里破了口子。

暴力平息了，母亲瘫坐在地上，捂着脸，一个劲儿地嘟囔着："居然打自己的妈……居然打自己的妈……"我仍然像被扯断了神经似的和感觉失联，除了能直勾勾地盯着母亲，浑身动弹不得。

眼瞅着，母亲的语调变了。

"哎？我嘴里怎么破了，怎么搞的！"——记不住事情，事情就会变成这样吗？那一瞬，我的情感回来了，背后掠过一阵恶寒。撇下向洗手间走去的母亲，我把自己关在了屋里。脑子像是被什么东西拿住了，使不上力气。

松浦晋也打母亲的行为，不属于未经脑子思考的激情行为。他很清楚那是自己的母亲，无论如何也打不得。但最后还是动手了。为什么呢？松浦晋也解释是精神的崩溃。而导致他精神崩溃的，是母亲的过食行为：

> 不再灵便的腿脚、不断增加的失禁量、接二连三的排便失败——衰老和阿尔茨海默病的同时加剧，令母亲在2016年秋天变得越发虚弱，越发需要人照料。雪上加霜的是，过食的问题在进入10月后复发了。
>
> 母亲的晚饭通常在傍晚6点左右端上餐桌，但是，这个时间只要稍有延误，母亲便免不了在厨房里一通翻找，储藏的冷冻食品也会被丢得到处都是。"我饿得发慌，站也不是坐也不是，说到底还不是你不给我做饭的错！"——大概因为食欲是最原始也是最根本的欲求吧，不管求她、吼她、和她说多少次，同样的事情还会发生。

何为过食？网络词条曰：过食症是指异常摄食行为，因脑损伤或病变而引起，患者不加选择，拼命吃喝，可以在短时间内摄食大量食物，一般达正常人的二至三倍。

松浦晋也则在书中如此定义过食："阿尔茨海默病的食欲异常，是由于脑萎缩影响到饱腹中枢引起的。在难以觉察到饱腹感的情况下又对'已经吃过'的事实没有印象，结果便是无止境地进食。"

母亲因过食频频将厨房弄得一片狼藉，最终导致了松浦晋也的精神崩溃。

2017年8月份，有这样一则新闻。

> 有网友在微博上爆料："在（上海）四川北路第一人

民医院分院的住院部神经内科 3 楼 13 号床的一位老人天天被自己儿子殴打虐待!!! 手骨折也是被儿子打出来的!!! 脸部都是乌青!!! 天天找各种理由殴打自己的父亲!!! 请各位帮助这个老人!!! 老人有一点老年痴呆,但每次(被)殴打时都(感到)十分恐惧!!! 我们没有其他办法只有求助了!!! 请问报警后老人的安全如何保证?!!! 儿子一直扬言出院后回家要狠狠收拾自己的父亲!!! 老人周一就要出院了,请各位大 V 帮助(转发)!!! 我这里还有一段他殴打父亲的视频!!!"

由于该段爆料文字极具情感煽动性,标点符号也极具视觉冲击力,以至各路大 V 纷纷转发。

一时间,网上评论炸了锅,观点多是满腔义愤:"畜生不如""就地枪决""处以凌迟"等等。警方及时介入调查,很快,涉事男子被处拘留十日。

爆料过去两天后,记者进一步采访患者家属,了解到:老人有三个子女,打人的是大儿子,二儿子定居苏州,女儿定居日本;老人患阿尔茨海默病,伴随有晚上不睡觉、精神分裂、糖尿病等症状。大儿子今年五十七岁,患慢性脑膜炎,去年被鉴定为"丧失劳动能力",提前退休在家。

老人妻子说:"但是,就是这么一个大儿子,却一直在单独照顾他父亲。"

对于老人脸上的瘀青与手臂骨折,老人妻子说:"脸部瘀青年纪大的人都会有,手是在公园锻炼时搞的。"

对于老人腿部深色瘀块,老人妻子说:"这是糖尿病表现出的症状，背部也有一大块。"

对于大儿子用勺子撬老人嘴巴喂饭，老人妻子说："老人吃饭很任性、很随意，儿子照顾起来非常麻烦。"

记者又采访了二儿子及女儿。

二儿子称：在他眼里，大哥照顾父母尽心尽力。他因为工作关系1986年就被分配到了苏州，之后一直定居苏州，照顾父母的时间不多。

女儿称：母亲偏爱大哥。她质疑大哥照顾父母只是想继承房产。

记者跟进采访的稿子发出后，评论风向有变，左右观点各半。其中榜一评论发人深思：孝顺的都在远方，不孝的都在床前。

我有一个读者，2007年读我的书时，大学还没有毕业，而今已经是两个孩子的母亲。2017年6月份，她曾给我发了一条长长的微信，倾诉苦衷——

她嫁了一个男人，三年前公公离世、婆婆瘫痪在床。丈夫早出晚归地养家糊口，她在家带孩子照顾婆婆。日子很累，尤其是早上，大儿子要上小学，小儿子要送幼儿园，婆婆嚷嚷着要解手，一天下来，像打仗一样，累得浑身散架。

为了缓解辛苦程度，她认真地对生活重新进行了规划：拒绝一切应酬，中午一次性地把晚饭也给做好，一个月给婆婆剪一次指甲、洗一次澡。

就在昨天，婆婆女儿突然来访。女儿看到母亲带有污垢的指甲，闻到母亲身上难闻的气味，非常生气，说："我一个月给你一千块钱赡养费，你就这么偷懒？"

她本想给婆婆女儿讲明道理，但话到嘴边却发生了变化："要不你把妈妈接走照顾一段时间？你一个月给一千，我给你三千！"

婆婆女儿没敢接腔，匆匆离去。

以上三个例子似乎能够说明久病床前无孝子的原因。其一是不堪病人种种无端折磨，其二是生活难以承受之苦。

病人无端折磨好理解。比如例一里松浦晋也的母亲因过食而频频将厨房弄得一片狼藉，比如例二里那位老人吃饭任性、随意，比如我的母亲精神分裂时所表现出的打骂砸。

不好理解的是生活难以承受之苦。

在第三个例子中，"日子很累，尤其是早上，大儿子要上小学，小儿子要送幼儿园，婆婆嚷嚷着要解手，一天下来，像打仗一样，累得浑身散架"——便是生活难以承受之苦。

关于这点，我亦深有同感，因为要陪护阿尔茨海默病母亲，从而衍生出一系列难言之苦：家里杂乱不堪，不好意思接待朋友；想再要一个孩子，却没勇气生；妻女想旅游，我却受困于经济和时间；女儿想拥有单独房间，但家里请了保姆，她只能跟着爱人睡；我想有书房，最终却只能在卫生间里搞个"亭子间"进行创作；等等。

由此而发感慨："久病床前无孝子"是人性最真实的体现，也是一句无比悲壮的褒义性俗语。

社会性思考

十年里，我曾不止一次地在想：假如父母身体一直都很健康，在农村"养个鸡喂个鸭，自在又潇洒"，那我这十年，究竟会过得怎么样？

李姓朋友说："从三十岁到四十岁这十年，是一个男人的黄金十年。你最大的优势是有思想、有才华，最大的劣势是没时间、没作品。制片人问你手里有没有作品，你不能老拿十年前的两部书说事儿。假如阿姨身体很健康，你这十年心无旁骛，至少能写出五部作品。制片人问这个题材，你有；问那个题材，你有；总能成交一两个吧！一两个是什么概念？轻轻松松的小康生活了。"

十年里，我还不止一次地在想：我们什么时候才能在特定老年疾病方面，建立起一套完善的社会支持服务体系？

改革开放以来，我们国家在关乎国计民生的焦点问题上取得了长足进步：经济转型、科技振兴、农业税取消、合作医疗、大病报销、全面脱贫等，无不鲜明地显示出政府的魄力和国民的自豪。

可在一些边缘问题上，无论关注还是投入，都亟须努力。阿尔茨海默病，便属于这种边缘问题。

可能对于大多数人而言，"阿尔茨海默病患者"是一个小众群体，我将之与国计民生相提并论，是否有点小题大做、哗众取宠了？

绝对不是。

> 据《世界阿尔茨海默病 2018 年报告》，全球每 3 秒钟就有 1 例阿尔茨海默病患者产生。2018 年全球大约有 5000 万人患有阿尔茨海默病，到 2050 年，这一数字将增至 1.52 亿。
>
> ——《21 世纪经济报道》

> 而在我国，2016 年记录在案的阿尔茨海默病患者数目是 1500 万，预计到 2030 年将达到 2330 万。更为严峻的是，随着人口老龄化的加剧，这一人数还会显著增加。
>
> ——《21 世纪经济报道》

与庞大的患病群体直接关联的是庞大的陪护群体。陪护群体因陪护而承受着来自经济和精神两方面的巨大压力。

> 美国疾病负担调查结果显示，在 80 岁以上患者群中，阿尔茨海默病造成的疾病负担高居第二位。我国疾病负担研究也显示：阿尔茨海默病给社会带来了沉重的经济负担，其中直接医疗费用占 48.13%、间接费用占 51.87%。
>
> ——《21 世纪经济报道》

以我母亲为例。

从 2014 年 8 月至 2018 年 12 月，母亲每个月的药物开支大约是一千二百元。2019 年母亲停药了一年。但从 2020 年 1 月起至我书写此章的此时此刻，（在二哥竭力主张和坚持下）母亲一直在服用我国自主研发的治疗阿尔茨海默病的新药甘露特钠胶囊，此药价格极其昂贵，每月开支为三千五百元（二哥独自承担）。

另外，从 2018 年年底开始，母亲在护理用品（纸尿裤、护理垫、消毒湿巾）和流质食品（益生菌、蛋白粉、混合米粉、牛奶粉）上，亦有一笔不大不小的开支，合计起来每月大约有一千元。

经济压力方面，除了种种必需的开支，还有高昂的陪护成本。也就是说，当一个家庭出现了阿尔茨海默病患者，即意味着陪护者无法上班，需 24 小时看护患者。陪护者无法上班，即意味着没有经济收入。

虽说也有一种解放陪护者的方法——请保姆——但是有两点需要注意。

第一点，阿尔茨海默病不同于其他病，由于患者的幻觉、妄想、猜疑、易怒、打骂砸等表现，很难有保姆愿意接受这份工作，即便接受，也如流水的兵一样，无一能坚持久远。

第二点，由于阿尔茨海默病的特殊性，所请保姆薪酬不菲，并非所有家庭都能承担得起。以 2020 年的郑州为例，陪护阿尔茨海默病患者的保姆工资在四千五百元到五千五百元之间（根据患者情况不同、陪护难度大小而定）。对于多子女家庭，此项费用或许可以均摊；对于独生子女，又有多少人的工资能够达到五千五百元以上？即便达到，又有多少陪护者的工资在支付完保姆工资后还有剩余？

一方面是高开支，一方面是没有收入，此等压力，即便不经历，也可以想象得到。

松浦晋也在《对不起，妈妈——写在妈妈得了阿尔茨海默病之后》中写道："所谓陪护，就是用一个人的生活，换取另一个人能够生活……眼睁睁看着存款往下掉有多恐怖，没经历过的人大概无法理解。从收支曲线的延长线上，我确实看到了自己的破灭。想逃过这一劫唯有靠努力工作，然而这在看护的重担面前却无法实现……我是靠取材和写作维生的自由职业者，和外部的协调相对单纯。收入骤减的问题，从积极的方面看，便是有可能以牺牲工作为代价，换取对父母的精心照料。但若是在企业里供职，想必身心都将更加不胜负荷吧。说句实在话，如果自己是上班族，我不敢说自己能撑过这两年半。"

值得强调说明的是：松浦晋也一共陪护了母亲两年半时间，并且他是在享有日本社会支持服务前提下发此慨言的。由此联想没有社会支持服务的陪护群体，松浦晋也与之相比，显然有些小巫见大巫了。

对陪护者而言，除了经济压力，精神压力亦不容忽视。

> 由于阿尔茨海默病的病程持续时间长，陪护者承受的压力可能会持续数年，护理者的身体、情感和经济情况因此也会严重下降。据统计，阿尔茨海默病的陪护者发生抑郁、焦虑、失眠、心血管病事件的概率明显高于同年龄的其他人员，高达32%的陪护者患有不同程度的精神疾病。
>
> ——《21世纪经济报道》

松浦晋也在书中说："我见过最糟糕的情况，是陪护者杀人或是挟老人一同自杀的惨剧。"

或许有人会说："鲁非，你说得没错，我确实感受到了陪护者的压力，但生活不易的人太多了，这对国计民生又有何重大影响呢？"

针对这个问题，我依然借松浦晋也的原话作为回答："在少子高龄化社会中，劳动人口不论男女都是宝贵的资源。如果因为'赡养老人是家人的义务'而将宝贵的劳动人口束缚在家中，国家的经济便将衰退，各个家庭又将间接受其影响走向贫困，使老年人的生活失去保障……如果赡养老人的主体变成了家人，那么担负起陪护重任的家庭成员在参与社会经济活动时便会遇到困难。而参与经济活动的劳动人口的减少意味着经济衰退和税收的减少，这不但不能解决财政上的困难，反而会使问题变得更加严峻。"

以我们国家预计 2030 年阿尔茨海默病人数 2330 万为例，一名患者对应一名陪护者，即有 2330 万人无法从事劳动，亦即 2330 万人无法为国家创造税收。再结合我国人口发展趋势——新增人口不断减少，未来劳动力缺口逐步增大——难道这不影响国计民生吗？

或许又有人会说："如果真的影响国计民生，那究竟该怎么建立（抑或建立什么样的）社会支持服务体系呢？"

所谓"师夷长技以自强"。这里，我有意将日本老人社会支持服务体系用心整理，并分享如下：

可以看出，日本老人社会支持服务体系分为两个板块：公共照护保险服务制度和专业照护机构。我认为最值得我们学习和借鉴的是公共照护保险服务制度。

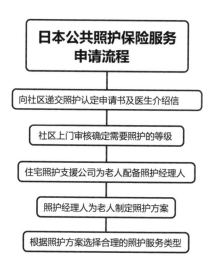

日本公共照护保险服务制度

照护等级审核	照护服务类型
一级照护（如厕、入浴需少量辅助）	聘请陪护员（上门做家政服务）
二级照护（如厕、入浴、行走、起卧需要辅助）	日间护理（主要以康复训练为主）
三级照护（如厕、入浴、穿脱衣需要全面照顾）	日间托管（只在白天开放的老人之家）
四级照护（日常生活全盘需要照顾）	短暂停留（因子女出差/出行而为老人开设的短期公寓）
五级照护（几乎卧床不起）	

　　日本的公共照护保险服务制度，是于 2000 年左右建立起来的。其最大的特点是：政府、社区和住宅照护支援公司三方合作，将"对 65 岁以上特定疾病患者的服务"纳入到国家社保范畴。

　　整个服务通俗点解释就是：社保缴纳达标的人，65 岁后若不幸患上了特定疾病（如阿尔茨海默病），可以向政府申请照护服务，政府指派社区登门为患者确定完照护等级，患者即可享受住宅照护支援公司提供的四种照护服务类型（聘请陪护员、日间护理、日间托管、短暂停留）。

　　需要补充说明的是：一、这种照护服务所产生的费用结算，与我国的住院报销相似，政府承担绝大部分，个人承担极小部分；二、无论患者处于哪种照护等级，都可以享受四种服务类型中的任意一种，只不过照护等级越高，所能享受的服务类型的点数（点数类似于我们平常说的次卡）就越多；三、陪护员不论工作性质还是工作内容，都不同于一般意义上的钟点工和家政服务，其在上岗前需要接受一百三十个小时的照护人员基础进修专业培训，以取得相应的职业资格。

日本专业照护机构之所以称"专业"，就是针对特定疾病而言的。假如去掉"专业"二字，其与我们国家的敬老院、老年公寓等机构其实并无二致。

看完上面全部图表，可能有人会问："日本特定疾病患者启用社会支持服务时，在（以居家照护为主的）公共照护保险服务制度和（完全脱离家庭的）专业照护机构之间，是否可以自由做出选择？"

答案是"不完全自由"。三种专业照护机构中，特别敬老院要求最高，患者必须达到三级照护标准，才能入住；老人之家虽对照护级别没有硬性要求，但接受对象却被限定为所在地区内的居民；民营老年人公寓则不做任何要求或限制。

了解了日本的老人社会支持服务体系，我们会觉得它并不复杂。其中的住宅照护支援公司其实很像我国的家政服务公司。那么，我国是不是也可以采取政府、社区和家政服务公司三方合作的模式，建立起一套特定疾病保障体系呢？

事实上，近几年来，我国已经在阿尔茨海默病方面展开了一些破冰性的行动。如个别一线城市的社会福利中心专门增设了失智区病房，一些教育培训机构（经国务院和教育部批准）开始开展失智老年人照护职业技能的培训与考试。

而我认为，我们国家的陪护群体真正迫切需要的是居家陪护保障制度。

悠久的华夏文明，不仅孕育了我们这个伟大的民族，而且还赋予我们这个民族"温良恭俭让"的宝贵品质。我们的国家是温情国家，我们的人民是温情人民。假如我们国家的陪护群体拥有居家陪护保障制度的保障，从而能极大缓解来自经济和精神方面的压力，试问还有多少人愿意将自己的患病亲人送进养老机构？

有朋友说："国泰民安的建设目标，非一蹴而就，得一步步来，要相信国家。"

我赞同朋友的话。在这方面，我头脑始终是清醒、理智的。正如我在本节开头说的——改革开放以来，我们国家一步步地实现了经济转型、科技振兴、农业税取消、合作医疗、大病报销、全面脱贫等诸多目标。《礼记·礼运》提出了"老有所终，壮有所用，幼有所长"，或许下一个目标，就是"老有所终"。

我相信国家。

阿尔茨海默病陪护指南

应该说，这份指南是一种狭义的指南，因为这只是我个人陪护经验的总结。

我认为松浦晋也的《妈妈，对不起——写在妈妈得了阿尔茨海默病之后》算得上一种广义指南。尽管他陪护母亲时间并不太长，但他书中既分享了自己个人的陪护经验，也分享了在启用公共照护保险服务制度方面的一些技巧和策略，以避免同病相怜者走弯路。

可既然我们国家尚未建立全面的公共照护保险服务制度，我所能做的，也只能将个人经验分享出来，并颇有点不知天高地厚地称其为指南。虽说是指南，但更多的是参考吧。其若能给同命运之人带来一些帮助或启发，便已幸甚至哉。

◎阿尔茨海默病的征兆是什么？

健忘。这是最明显的征兆。其主要特点是：近期记忆减退，远期记忆暂且无恙。比如：炒菜会忘记放盐或重复放盐；记不得刚吃过的是什么饭；刚问过的问题会重复追问；本来出门买菜结果空手而归，等等。

逐渐，征兆会加深到：对事物判断力下降，计算能力下降，偶尔记不得回家的路，等等。

◎出现征兆该怎么办？

去综合医院神经内科就诊。记住，是神经内科。这个时候，不要相信偏方，不要相信提高记忆力类的保健品，只有去神经内科做脑 CT 或核磁共振，才能确定是否患上了阿尔茨海默病。这是唯一不走弯路的办法。

◎就诊时特别需要注意的事项。

阿尔茨海默病俗称"老年痴呆",是一种关乎人尊严的疾病,患者排斥心理严重。所以切记不能当着病人的面谈论这种疾病。可以以善意的谎言诱骗患者去医院做检查。

值得注意的是,不排除有的医生会当着患者面大谈特谈老年痴呆,所以最好提前与医生做好沟通。

◎假如家人被确诊患上了阿尔茨海默病,该怎么办?

正视。事情已经发生,除了正视别无选择。你必须把心态调整好。当心态调整好了,再冷静考虑接下来该怎么办。

第一步,要听从医生建议,该治疗治疗,该吃药吃药。切记,治疗和吃药是必需的,尽管目前世界上还没有可以根治阿尔茨海默病的药物,但及早治疗或进行干预,可以最大限度地控制病情发展的速度。

第二步,从这一刻起,你就要在患者的身上"装置"联系电话和地址——要么口袋里,要么衣服内衬位置——以防患者走失。

第三步,你要做好长期战争的准备,不要所有压力都自己扛,要跟家庭成员商量,跟兄弟姐妹商量,尽最大努力,对长期战争做出最合理的安排和规划。

◎阿尔茨海默病的发病年龄及生存年限是多少?

十年前,我国默认的阿尔茨海默病的发病年龄主要在六十五岁以上,但十年后,这个标准变成了五十岁以上。

关于生存年限的标准比较模糊,普遍认为是在"三至十年"。我认为这跟患者的年龄、有无其他疾病及陪护者的陪护质量有关系。比如：患者发病年龄是五十多岁，没有其他疾病，陪护者的陪护质量较高，那么患者生存十年以上并不奇怪。反之，患者发病时已经八十多岁，伴随有其他疾病，陪护者的陪护质量也不高，那么患者极有可能熬不到三年人就走了。

◎阿尔茨海默病的病因是什么？治疗药物有哪些？

答案请参考本书第五章第六小节。

◎阿尔茨海默病患者每个发展阶段的症状是什么？

阿尔茨海默病在症状表现方面，分为狂躁型和安静型，据我的了解，狂躁型居多，安静型偏少，我母亲就是狂躁型。以下是狂躁型阿尔茨海默病每个发展阶段的症状：

初期：健忘，判断力和计算能力下降，生活能够完全自理。

初中期：健忘加深，精神失常（抑郁、失眠），判断力和计算能力进一步下降，语言表达能力下降，生活基本能够自理。

中期：痴呆，精神异常（猜疑、易怒、失眠），判断力和计算能力丧失，语言表达混乱，生活勉强能够自理。

中后期：痴呆加深，精神异常（狂躁、打骂砸、失眠），行动困难，身体佝偻，生活不能自理，需要辅助。

后期：呆滞不言，行动能力丧失，吞咽困难，身体蜷缩，生活需要全面护理。

◎陪护过程中必须警惕和注意的细节：

牙齿。

当怀疑家人患上了阿尔茨海默病，或者家人刚刚被确诊为阿尔茨海默病时，一定要带他（她）去一趟口腔医院，给牙齿来一次彻底的维修或保养。用一句悲凉的话说——这基本是他（她）人生中最后一次看牙齿了——因为随着病情进展，患者将无法配合口腔医生完成各项指令。

摔倒。

中期患者，由于受治疗精神分裂类药物副作用影响，不可避免会出现步态不稳的现象，这时便要警惕摔跤的发生，小孩玩具及时收纳，卫生间安装扶手，夜间保持亮灯……都是必须要做的事情。

饮食。

由于吞咽功能下降，极易出现噎食情况——我曾听闻过两例身边的熟人患者因噎食而死亡——所以陪护者万不可粗心。从这时候起，患者就不能再吃干馒头、硬米饭之类的食物，而必须吃半流质食物。当进入中后期，半流质食物则必须进一步变为流质食物。

便秘。

患者通常会有便秘现象。假如陪护者对此视而不见，后果之严重，完全可以想象得到。

如何解决患者便秘问题，可参考该书第七章第一小节内容。

关于便秘治疗药物服用方法的一些补充说明：

1.初中期患者，在服用牛黄解毒片时，可采取温开水整粒吞服的方式（一日两次，二至三日见效）。

2. 中后期患者，可将牛黄解毒片和三黄片（按说明书剂量）碾成碎末，加温开水和蜂蜜，搅拌均匀后服用（一日两次，二至三日见效）。

3. 后期患者，可用番泻叶煮水喝代替牛黄解毒片。具体服用方法是：番泻叶五克，开水一百毫升，浸泡一个小时以上，加蜂蜜，搅拌后饮用（当日服用一次，第二日即可见效，但需要注意的是，番泻叶一定不能超量，因为它通便的效果非常强）。

褥疮。

中后期患者，身体有两个部位——后背和屁股最容易发生褥疮。

后背褥疮，主要是患者进入卧床阶段后，由于没有使用气垫床或者陪护者为其翻身不及时所致；屁股褥疮，主要是纸尿裤更换不及时，连捂带蜇所致。

预防办法：购买防褥疮气垫床，及时更换纸尿裤，定期用温盐水擦拭后背和屁股。

如果不幸得了褥疮，第一步要先购买防褥疮气垫床并立即投入使用，第二步是每天用生理盐水清洗褥疮，第三步是保持侧卧。

特别补充：如果是屁股部位出现了褥疮，除了做到以上三步外，暂时不要穿纸尿裤，保持通风。

有人问：不穿纸尿裤，大小便怎么办？答：在床上铺护理垫（尺寸最好是长、宽各九十厘米）。

◎适合阿尔茨海默病患者的流质食物都有哪些？

鸡蛋面汤、排骨汤（不带肉）、鱼汤（不带肉）、藕粉、米粉、蛋白粉（最好含益生菌）、牛奶粉、鲜榨果汁等。

◎后期患者吞咽困难，吃不下东西该怎么办？

后期患者由于吞咽功能和肠胃蠕动功能下降，会存在吃不下东西的现象。建议询问医生是否能服用赖氨肌醇维 B_{12} 口服溶液。该药对改善食欲减退有非常显著的效果，而且副作用小，可长期服用。

◎进入卧床阶段的阿尔茨海默病患者，是一直在床上卧着吗？

不是。对于有能力的陪护者（或请了专职保姆），最好（天气好的情况下）每天早饭后用轮椅将患者推出户外，晒太阳、透气一两个小时。如此可有效帮助钙质吸收，增强患者免疫力。

◎如何给中后期阿尔茨海默病患者洗澡？

当患者逐渐失去生活自理能力和独立行走能力之后，洗澡时不能再使用普通的凳子或椅子，因为这时候的患者，身体重心已经变得不稳，极易歪倒，需要配备特定的洗澡椅子。具体可以上网搜索老人洗澡专用椅，结合自己的实际情况，选择购买即可。

假如老人已经进入卧床阶段，建议将洗澡改为用温热水抹拭全身，三天一次，水里偶尔可加一点盐。

◎适合阿尔茨海默病患者的轮椅款式。

轻便的高靠背轮椅——主要强调高靠背。这是因为进入后期的阿尔茨海默病患者，会出现身体僵硬、蜷缩及头颅往后拗的现象。高靠背轮椅可以有效解决头往后拗的问题。

◎提拉式纸尿裤和搭扣式纸尿裤，哪一种用起来更好？

成人纸尿裤分两种款式：提拉式和搭扣式。

个人认为提拉式更好一些。除了更贴身、更牢固，不至于出现搭扣扯断脱落之外，最重要的是换的时候方便。

◎购买陪护用品，要有未雨绸缪意识。

无论流质食物还是护理用品，不要等快用完了再买，最好养成适当囤货习惯，以防不测发生。

比如 2020 年初突发的新冠疫情、2021 年 7 月郑州突发的水灾等，均会导致相当长一段时间无法网购和出门采购。但假如你学会了囤货，就不至于造成陪护困难。

◎为重症阿尔茨海默病患者请保姆，标准是什么？

一、优先考虑有陪护阿尔茨海默病患者经验的保姆；如果找不到，至少也要考虑有陪护生活不能自理老人经验的保姆。

二、选择身体素质好（能抱得动患者）的保姆。

三、持有失智老年人照护职业技能培训证书的保姆，更好；但需要说明的是，拥有此证书的人，多数都供职于福利机构，倘若受聘于私人家庭，则薪酬会比一般保姆要高。

德不孤，必有邻

是什么支撑我走过了十年？

这个问题，朋友问过我，我也问过我自己。

是什么呢？首先，是信念。

《士兵突击》里许三多的成长，靠的是信念；《肖申克的救赎》里安迪的越狱成功，靠的是信念；司马迁宫刑之后还能写完《史记》，靠的是信念……

在拥有信念的人的眼里，虽然路曼曼其修远兮，却仿佛能看到未来。一如许巍唱的《蓝莲花》："心中那自由的世界，如此的清澈高远，盛开着永不凋零（的）蓝莲花。"

同时在拥有信念的人看来，几乎没有做不到的事情，迈向成功的唯一障碍无非是时间。

我想我是一个拥有信念的人。我的梦想是能够在写作的道路上一直走下去。如此说来，这十年无非就是横在我逐梦路上的一个障碍，跨过它就好了，仅此而已。

其次，是爱。

母亲在我成长过程中是异常重要的角色。对我而言，她不仅仅是母亲，还是美丽、善良、开朗、温暖、慈爱、无私的象征。

母亲最可贵的品质是：虽然她仅有小学二年级的文化水平，

但她从来不搬弄是非，也从来不在外人面前说我们兄弟三个的任何不好——即便后来我们兄弟三个长大成人，发展得好坏不一，她依然是一碗水端平，从不偏爱或嫌弃一人。

在我眼里，父亲就是父亲，而母亲除了是母亲，还是朋友。小时候的我，尽管因顽劣时不时会挨上母亲一顿揍，但越挨揍，越对她亲近。

后来母亲渐渐从朋友变成了一种精神——吃苦、耐劳、坚韧、勇敢、聪慧、仁爱——这种精神影响着我的人格，让我懂得了反哺。

母亲对我的爱很单纯。我对母亲的爱却分为三个阶段。第一阶段是孩童时代对她"依赖的爱"，第二阶段是成长时代对她"精神的爱"，第三阶段是成年时代对她"怜悯的爱"。

这是一种根基扎得很深的爱，即便陪护的岁月再艰难，也无法将之磨灭。

再次，是助我者。

我曾在朋友圈里写道：十年，单凭我个人的力量（无论精神还是物质），根本扛不起所有。

这十年里，我从来都不是一个人在战斗。助我者甚多，如：父兄、爱人、同学、朋友。

他们为何助我？

父兄就不说了，在陪护上，其所有的助，都可以说是分内之事。

那爱人呢？

我问过她："夫妻本是同林鸟，大难临头各自飞。李姓朋友把我的故事讲给他圈里的朋友们听，一个女性朋友听完后说：

'假如我是鲁非媳妇，恐怕早就离婚了。'你为何仍和我在一起?"

爱人回答："我既是你的粉丝，也是你的妻子。她既不是你的粉丝，也不是你的妻子。没有可比性。有些理儿，也只是听着像理儿罢了。"

同学和朋友呢?

一位同学说："你是咱同学们的精神领袖……"

一位朋友说："你做到了我们没有做到的事情……"

爱人、同学和朋友的话，像是说明白了问题，又像没说明白问题。

那我究竟该用一句什么样的话来概括这种"助"呢?

想来想去，我想到了"德不孤，必有邻"（有道德的人是不会孤单的，一定有志同道合的人来与他相伴）。

德不孤，必有邻。——《论语·里仁》

第一次完稿的结语

2020 年 10 月 26 日开始写这本书，2021 年 8 月 5 日完稿，时间一晃又过去了快一年。

在这快一年的时间里，母亲状态稳定，父亲身体健康，大哥在郑州买了房子，二哥生意有了明显起色。从小的方面看，这都是让人高兴的事情。

可从大方面看，一切又让人悲伤——

2021 年 7 月 20 日，郑州遭受特大暴雨灾害，造成重大人员伤亡和财产损失；

2021 年 7 月 30 日，郑州新冠疫情卷土重来并来势汹汹，导致大半座城被封。

这两件事情都发生在我即将完稿之际。

我忍不住在想：与那些在灾难中失去生命的人相比，与那些因亲人丧生而悲恸欲绝的家属相比，我这十年遭遇又算得了什么？

想对自己说：

人生是一场修行，余生很贵，认真过好每一天。不悲观，不抱怨，做一个心胸宽广的人，做一个虚心正直的人。

2021. 8. 5

第十二章

伤逝与反思

世事难测

8月5日，我还在《结语》里说母亲状态稳定，9月3日，母亲却走了。

2021年8月3日，我所在的小区被划入新冠疫情封控区，一时间，气氛变得紧张，令人惶恐。我在这种气氛中，继续着自己的写作。8月5日，书稿完成。

8月18日，小区解封，人们喜跃抃舞，欢呼相庆。我也有一种双重获释的感觉，考虑着是不是要出去跟朋友们坐一坐、聊一聊。

就在这个间隙里——

22日早上，保姆告诉我，母亲不怎么吃饭。母亲早上食欲缺乏的情况时有发生，这对我来说早已习以为常，因为在我的陪护经验里，母亲早上不吃，中午必然会吃，这有点像我们早起没食欲，但一到中午便会胃口大开一样。

所以我对保姆说："不碍事，中午再看看。"

岂料中午母亲仍不怎么吃。晚上还是一样。

睡觉前，父亲、我和保姆开始找原因。保姆说："会不会是积食了？昨天冲服的番泻叶，按说今天上午就该解大手的，但到现在一直没解。"

如我前面书中所述，母亲2016年开始出现便秘问题。为了解决便秘，前期我给母亲服用的是牛黄解毒片，后期保姆给母亲服用的是番泻叶水。

父亲说："喂两粒酚酞片吧，往下推推。"

我也没有更好意见，只能听父亲的。保姆把酚酞片研磨成粉，加入极少的水，搅拌成悬浊液，费了很大工夫，才让母亲服了下去。

第二天母亲拉得满床都是。保姆将母亲收拾干净，母亲精神较之昨日好了一些，食量较之昨日也略有增加。

但是第三天，母亲又不吃了。我给二哥打电话，详细描述了一下母亲三天来的情况。二哥很重视，请他的一个开药店的医生朋友登门为母亲诊断。医生朋友诊断后，认为母亲属于胃火过旺，给母亲开了两种药：泮托拉唑钠肠溶胶囊和麻仁软胶囊。他说："坚持吃四天，内火泻得差不多，吃饭就正常了。"

接下来的四天，母亲的状况没有太明显的改观，平均每天的流食量仅仅维持在一百五十毫升左右，而且还新出现了两种症状：打噎和生痰。

我逐渐感到情况不妙。

28 日早上，我主动给第一人民医院神经内科的 W 大夫发微信，聊天记录如下：

> W 大夫早上好，正在忙吧？这个消息您可以不忙时再回复我，我妈现在出现了吞咽困难，咽不下去东西，而且打噎，喉咙里有痰，该怎么办？ —— 我

> 这是胃气原因，消化不良，胃气往上顶的原因，还是吞咽功能的原因？ —— 我

W大夫 主要是吞咽的问题,但生痰的话,就有些不乐观。

那应该如何应对呢? 是哪种药物可以缓解,还是需要住院,下那个胃管? 给点建议吧! **我**

W大夫 也只能下胃管了。

那我跟家人商量一下吧,如果意见统一,再去办理住院手续。 **我**

W大夫 行。

下胃管! 我知道这一天终究要到来,但没想到会来得这么快。

下,还是不下? 经过商量,父亲、二哥和我一致决定:不下。

关于不下的原因,父亲与我的想法比较接近:这次母亲怕是扛不过去了,下胃管解决不了根本,而且太遭罪,不如让她人生的最后一段时光过得体面一些。

至于二哥,他除了持有一样的想法外,还在坚信着:母亲一定会好转,过了这段时间就会重新吃东西。

可事实是,母亲没有好转,而是每况愈下:喉咙里的痰越来越多,流食越咽越少——到9月1日,几乎是滴水不进了。

9月1日晚上,父亲提出了要求:希望能给母亲输点液。

输液,存在两个问题:怎么输? 输什么?

怎么输——要么送母亲去医院,要么医生上门。

去医院，根据疫情防控要求，无论患者还是陪护者都必须先做核酸检测，而且陪护者仅限一人，中间也不能换人。因入院程序烦琐而导致的不便，使我们更倾向于医生上门。

但根据医疗制度规定，医生是不允许上门为患者输液的。二哥只能私下请他那个开药店的医生朋友帮忙。医生朋友答应上门输液，但提出必须让母亲去社区卫生服务站抽个血，查一查血常规、电解质、肝肾功能，不然不敢贸然用药，抑或说能在用药上做到有的放矢。

社区卫生服务站就在小区西门外，去一趟倒也不费什么事。于是次日一早，我和保姆用轮椅推着母亲去抽血。这时候的母亲，精神状态很差，头也有些抬不起来了。来到服务站，被告知血常规和肝肾功能可以查，但电解质查不了。

"那就查血常规和肝肾功能吧。"我说。

血常规结果十分钟就出来了，肝肾功能结果却要等到晚上 6 点以后。

血常规结果显示：母亲体内的白细胞数量接近一万四。

"炎症非常大。"医生朋友说，"等晚上肝肾功能检查结果出来，一并说吧。"

当晚上肝肾功能结果出来，所有人都不淡定了：母亲的尿素氮、肌酐、尿酸值高得惊人，已属于严重肾衰竭。

如此一来，医生朋友不敢再上门输液了。他说："这得住院。"他还对二哥和我说："你俩做好思想准备，这次阿姨住院，若能挺过来，就挺过来了，若挺不过来，那就挺不过来了。"

住院——到底住不住呢？

我内心倾向于不住。因为我了解到，绝大多数阿尔茨海默病患者最后生命的终结，都是由病毒感染或器官衰竭而引发。所以基于"落叶归根"的考虑，我希望能尽早送母亲回老家。

但二哥主张住院。他当晚就联系了第一人民医院肾病科的熟人大夫。按照流程，我们需要第二天一早带母亲到医院做核酸检测，然后返回家中等待，待下午2点半核酸结果出来后，再办理入院手续。

9月3日早上，我们带母亲去做了核酸检测，根据医院疫情防控要求，我作为唯一陪护人也做了核酸。回来后，我开始准备下午住院用的各种用品，并给母亲洗脚、洗头。

当给母亲洗脚、洗头的时候，我发现母亲平时僵硬蜷缩的身躯软得像面条一样。这是一种非常不好的征兆。大约11点，母亲额头开始沁汗，紧接着出现了喘。

我立即把父亲叫到母亲床前，让他看了看情况，然后十分严肃地说："爸，你给我二哥打电话吧，告诉他不能去医院了，必须尽快回老家。"

二哥接完父亲的电话，急匆匆赶了过来，大哥也闻讯而至。一家人开始商量怎么办。二哥习惯了主导大家庭的事务，他给出的建议是：午饭后，他和父亲先回老家；晚上7点，大哥、我和保姆再带着母亲回老家。

我问："为什么不午饭后一起走？"

二哥说："老家需要收拾，另外分开走动静小一点，不想让村里太多人知道。"

若说老家需要收拾，我尚能理解，但若说担心动静太大，我则有些不理解——生老病死是一种自然现象，有什么不可以直接面对呢？

我说："分开走可以，但7点太晚了，我担心妈撑不到家。"

二哥沉吟片刻，去卧室又详细观察了一下母亲的情况，出来对我说："你就晚上6点多动身吧，我看了，妈应该没事。"

下午1点多，二哥开车载着父亲先行而去。父亲上车前叮嘱我去药店买点葡萄糖注射液，让母亲喝点试试，能咽多少算多少。

我遵照父亲吩咐，买来葡萄糖注射液，下午喂了母亲两次。两次加起来，母亲咽下去的还不到五毫升。

下午4点多的时候，我看母亲的眼神越来越迷离、涣散，于是果断决定：不拖了，立刻就走！

5点整，由我开车——母亲在副驾驶座位上躺坐着，大哥和保姆在后排扶着母亲——我们驶离了郑州。一路上，我把车开得飞快。尽管如此，遗憾的事情还是发生了：6点40分，马上就要到老家的时候，母亲停止了呼吸。

妈妈，别怕

9月3日，天气不好。

下午5点我们从郑州出发的时候，天空还飘着零星小雨，但到了6点多，车窗外已是哗啦啦的中雨。

母亲停止呼吸的那一刻，我没有流泪，只觉大脑一片空白，胸口堵得厉害。脚不自觉地用力踩着油门，车速瞬间飙到了一百二。

大哥和保姆安抚我不要着急，注意安全驾驶。过了一会儿，我稍微平复了一下情绪，让大哥打电话把这个哀伤的消息告诉给父亲和二哥，然后我握紧方向盘，将车速稳定在一百，哽咽着说："妈，别怕，咱们马上就到家了。"

大哥把消息告诉二哥后，二哥在家开始了紧张的准备工作。

当我驾车顶着夜幕到家，灶房山墙上已经高高悬挂起了一盏"照亮母亲回家路"的亮灯，宅院以及屋里也已聚集了不少亲邻。二哥迎上来，让人撑着伞，神情悲痛地将母亲从车里抱到了屋里的床上。

经过一番神情恍惚的忙乱，该给母亲换衣服了。小姨和保姆说她们来换，我坚决不让。

我先用温水给母亲擦了身子，然后给她换上新衣裳。在这过程中，我强忍着不发出哭声，但泪水却如瀑布一样流个不停。

换完衣服，又是一番神情恍惚的忙乱。随着夜越来越深，众人逐渐散去。我们三兄弟合力将母亲从卧室床上抱到正堂灵床上，然后开始守灵。

守灵期间，大哥问了一句："你说，人死后会有灵魂吗？"

我喃喃地说："有吧。"

过了一会儿，二哥也问："你说，这会儿妈的灵魂会在哪里？"

我喃喃地说："四维世界吧。"

之后，我们都不再吭声。

雨，一夜未停。而夜，从来没那么短过，恍兮惚兮地，就迎来了天亮。

随着天亮，家里再次变得熙攘。院内撑满了大篷伞，做饭的开始搭灶煮肉，打墓的开始去墓地打墓，采购的开始购置丧葬用品……总之所有人都在执宾的安排下有条不紊地忙碌着。

9点，大嫂、二嫂和我爱人，带着孩子们乘专车赶了回来。10点以后，远方的亲朋好友也陆续赶了过来。我们兄弟、妯娌及孩子们，披麻戴孝守在灵床前接受着众人的吊唁。

整个上午，天空都下着滂沱大雨，仿佛上苍也为母亲感到悲伤，也仿佛母亲在天堂之上将自己的眼泪洒向了人间。

下午1点，开始入殓。我们小心翼翼地将母亲抱放进寿棺，然后二哥把他在西藏旅游时为母亲祈福的一个小铜铃悄悄放在了母亲的脚下，我则把女儿写给奶奶的一封信悄悄塞进了母亲的右手，女儿在这封信里写下了郑州家的地址，她希望奶奶哪天想从天堂下来看我们的时候能够顺利找到家门。

入殓时，我没有哭泣。我望着躺在寿棺里面目安详的母亲，感觉她像是在睡觉。可是当封棺时，伴随着大哥二哥"妈，别害怕"、侄子侄女女儿"奶奶，别害怕"、姑婶"嫂子，别害怕"、小姨"姐，别害怕"的哭喊声，以及斧头重重地敲砸铆钉的声音，我的眼泪再次如瀑布一样流了下来。我心里清楚，当棺盖封上那一瞬，即是我与母亲在人世间的最后一面。

入殓完毕，紧接着是出殡。这时，大雨竟奇迹般地停住了。我们兄弟三人——大哥头顶瓦盆，二哥手捧母亲遗像，我扛着引魂幡——走在灵柩的最前面，送葬队伍浩浩荡荡，在一片泥泞中向墓地进发。

墓地很近，就在北厢房后面不到一百米的地方。这是父亲早些年为自己和母亲选中的一块新墓地。父亲当初之所以选这块墓地而舍爷爷奶奶所在的老墓地，主要考虑后者太远，送葬艰难。我对新墓地很中意，中意原因并非父亲所考虑的送葬难易，而是从心理上觉得母亲并没有远离我们，仿佛仍然和我们住在一起。

由于持续降雨，上午打墓的时候，打墓人无法按照传统方法工作，二哥便叫来挖掘机挖出了墓坑，然后由打墓人在墓坑内用红砖垒出了墓室。

随着灵柩被放入墓室，水泥盖板徐徐落下，积土渐渐成冢，我的眼泪第三次流了下来。

自古道"盖棺事定，入土为安"，逐渐，墓地的气氛开始变得不再那么悲抑，其后的烧纸、磕头、放鞭炮等环节，已经不闻哭声，但剩安静。

葬礼，结束了。

父亲和我们三兄弟决定在老家守完头七再回郑州。

守七的几天里，每到傍晚，二哥都会去母亲坟前生一堆旺火。他说，母亲走的那天雨太大，地下都是湿的，想必母亲会冷；而我，每晚都会躺在母亲的床上睡觉，我渴望能梦见母亲，可遗憾的是连续几晚都梦而不得。

头七守完，启程返郑前，我到母亲坟前，久久伫立，心里默默地说："妈，别害怕，我们五七就又回来陪你了。"

探究我为什么能反哺十年

我在前面曾经写过是什么支撑我走过了十年。

"是什么支撑我走过了十年"和"探究我为什么能反哺十年",这两句话的意思看似差不多,实际差别很大。

从数学角度分析,后者更像是前者的子集。

为什么这么说?

因为支撑我走过十年的,既有主观因素,也有客观因素。而能反哺十年,更多是在强调主观因素。

然而,我在《启示录》里对支撑我走过十年的主观因素分析太肤浅,无法从根本上回答为什么能反哺十年,所以,我才想今天把这个话题单独拎出来再聊聊。

当时我的思想浮躁,只能分析到那种程度。换句话说,当时我只能回答出是信念和爱在驱使着我去尽孝,却回答不上来为何许多孝子对于久病床前的父母无法继续保持孝顺,而我却能。诚然,所有孝子无疑都是爱自己父母的,可为什么有的会丧失耐心,有的不会丧失耐心呢?我根本不知道如何回答。

那现在知道如何回答了吗?

经过一段时间的思想沉淀,现在似乎是知道了一些。

一、母爱。

我认为,一个人在成长阶段所受到的母爱程度,会影响他日后的反哺程度。母爱程度越深，反哺也越深。打个通俗的比方：一个在单亲家庭长大、母爱缺失严重的人，突然有一天让他去反哺母亲，他似乎不大可能做到。当然，需要强调说明的是，母爱和溺爱是两回事。

我在成长阶段所感受到的母爱程度之深，早已刻进了我的骨子里，根本无法抹灭。最典型的表现在于：母亲一直是把我当女儿来养的。当年我奶奶和父亲特别希望家里的第三个孩子是个女儿，然而我的出生，却让他们失望了，于是他们便欺瞒着我母亲，计划将我和邻村同一时间出生的一个女孩给调换一下，结果遭到了我母亲强烈的反对。从我记事起，母亲便是把我当女儿来养的，她无论做什么事情都习惯让我帮忙，比如去地里帮她薅草，做饭时帮她生火，洗床单时帮她拧水等等。我很感激我母亲，不仅给了我生命，还给了我足够的爱。

二、家风。

一个家庭的风气是可以传承的。

我们常说"言传身教""上行下效""上梁不正下梁歪"，很多时候，在尽孝方面，父母的做法，其实就是日后孩子的做法。一如印度电影《流浪者》中的那句台词"法官的儿子永远是法官，小偷的儿子永远是小偷"。

母亲对外婆的孝、对爷爷的孝，我长期耳濡目染。潜意识里，无须任何说教，我都明白自己以后应该怎样对待自己的父母。

三、性格和习惯

性格决定命运。一个人的性格，几乎决定着他一生中的方方面面：爱情、事业、生活，当然也包括尽孝。

"久病床前无孝子"，考验的正是一个人的性格。我们不能说性格急躁或暴躁的人不是孝子——所谓"刀子嘴豆腐心"——此类孝子最大的优点是不吝啬，最致命的缺点是没有耐心。

那究竟什么性格的人，才最有可能做到久病床前仍是孝子？我认为是——隐忍。

而我，便属于此种性格类型。

我何以会是此种性格？这就不得不提到习惯。

习惯决定性格。

我在这本书的第一章里写到过，因为种种原因，我小学四年级便在农忙时负责整个大家庭的吃饭问题。虽然并非我愿，但照顾家人早已成为我的习惯。也是这种习惯，造就了我隐忍的性格。

探究我为什么能反哺十年？我翻来覆去地思考，大抵就是上述这三条因素吧。

中国孝文化里的"面子"和"里子"

"面子"一词，无人陌生，乃是一种流俗；"里子"一词，虽可能稍有陌生，却也出现已久。

小说《老残游记》中有一句话将面子和里子放在一起说道："凡道总分两层：一个叫道面子，一个叫道里子。道里子都是同的，道面子就各有分别了。"

电影《一代宗师》把面子和里子放在一起并说成了热门："人活这一世，能耐还在其次，有的成了面子，有的成了里子，都是时势使然。一门里，有人当面子，就得有人当里子，面子不能沾一点灰尘，流了血，里子得收着，收不住，漏到了面子上，就是毁派灭门的大事，面子请人吃一支烟，可能里子就得除掉一个人。"

无论《老残游记》还是《一代宗师》，对面子和里子的阐述都颇偏含糊。若通俗地讲，面子其实就是给别人看的，里子其实就是给自个儿看的。

具体到孝文化里，面子和里子同样相当值得放在一起说道说道。

儒学经典《礼记·问丧》里说："亲始死，鸡斯徒跣，扱上衽，交手哭。恻怛之心，痛疾之意，伤肾、干肝、焦肺，水浆不入口，三日不举火，故邻里为之糜粥以饮食之。"

翻译成白话文：父（母）亲刚断气，孝子要脱下冠饰，露出发髻和裹髻的网巾，光着脚，把深衣前襟的下摆扱在腰带上，双手交替捶着胸口痛哭，那种悲伤万分的心情，那种痛不欲生的心情，真是五内如焚，一点水也喝不进，一口饭也吃不进，一连三天家中都不生火做饭，所以左右邻居只好熬点糜粥让他喝、让他吃。"

当年我读《礼记》，读到这里时，忽生奇想：万一孝子哭不出来怎么办？万一他能吃下东西怎么办？

毫无疑问，在独尊儒术的社会制度下，哭不出来也得硬哭，你能吃下东西也得硬装作吃不下，否则便是不孝。这叫面子。

《晋书·阮籍传》中这样描述"竹林七贤"之一的阮籍："性至孝，母终，正与人围棋，对者求止，籍留与决赌。既而饮酒二斗，举声一号，吐血数升。……裴楷往吊之，籍散发箕踞，醉而直视，楷吊唁毕便去。籍又能为青白眼，见礼俗之士，以白眼对之。及嵇喜来吊，籍作白眼，喜不怿而退。喜弟康闻之，乃赍酒挟琴造焉，籍大悦，乃见青眼。"

翻译成白话文：阮籍天性特别孝顺，母亲死时，他正和别人下围棋。对弈者请求中止，阮籍留对方一定下完这一局。事后饮酒二斗，大哭一声，吐血好几升。……裴楷前往凭吊，阮籍披头散发，箕踞而坐，醉眼直视，裴楷吊唁完毕就离去了。阮籍又会做青白眼，见到崇尚礼义的世俗之士，就用白眼相对。等嵇喜前来吊丧时，阮籍便用白眼看他，嵇喜很不高兴地退了出去。嵇喜的弟弟嵇康听说之后，便带着酒，挟着琴造访了他，阮籍很高兴，便现出青眼。

阮籍完全无视礼教，活出了真我。这叫里子。

可这世上又有几个阮籍？正如阮籍的朋友裴楷吊唁完，有人问他："阮籍母亲死了，他身为孝子都不哭，你一个客人干吗要哭？"裴楷回答："阮籍是方外之士，所以可以不崇礼典；我乃俗中之士，故而要以轨仪自居。"

在这世上，"方外之士"寥若晨星，"俗中之士"恒河沙数，所以在孝文化里，面子几乎可以碾轧或吊打里子。

继续借《礼记》而作发挥。

《礼记·奔丧》中说道："刚听到父（母）亲去世噩耗，要二话不说，先尽情痛哭，然后向报丧的人询问父母去世原因，接着再尽情痛哭。然后不分昼夜、风雨兼程地往家赶。奔丧路上，每经过一个国家国境线都要哭，望见本国国境更要哭，从此就哭不绝声了。到了家里，要先哭灵，跪在灵柩前放声痛哭，然后下堂来面朝西跺脚大哭，拜谢宾客时要跺脚大哭，送完上一拨宾客，又有宾客来了也要向他们道谢，同时跺脚大哭……"《礼记·问丧》中另说："每次起灵，孝子都要痛哭并跺脚……"

总之，《奔丧》《问丧》给我的感觉就是：要踩着点、踩准点痛哭和跺脚大哭。这是典型的面子。

令人感慨的是，《礼记》影响力之强大：两千多年过去了，至今绝大多数农村葬礼，仍在沿袭《奔丧》《问丧》中的礼节。

从小到大，我目睹或参加过无数场农村葬礼，见过太多哭技精湛之人，他们的哭声令宾客动容。我不止一次听到有宾客窃窃私语，对哭得伤心欲绝的逝者子女做出点评："哭得这么伤心，真是孝子啊。"

那，不哭者就不是孝子了吗？非也。

我是一名作家，从小善于观察。据我观察：一些在哭泣上收放自如的子女，往往都不是陪着父母生活或者守在父母病床前的子女，他们的恸哭多源于一种"瞬间"的伤悲；而另一些不哭者，往往是跟父母一起生活、日夜守在父母病床前的子女，他们之所以哭不出来，是因为已经把无数个伤悲的瞬间过成了日常。

除了哭，在葬礼的排场方面，也能映射出面子和里子。

一些社会名流的父母去世了，葬礼普遍办得很奢华；而有些名人，则早早就立下遗嘱，死后要丧事从简。那么，前者就属于面子，后者则属于里子。

又譬如我母亲的葬礼，二哥的朋友来了很多，浩浩荡荡的车辆将村庄道路围堵得水泄不通；而我的朋友，我一个都没通知，因为我只想安安静静、心无旁骛地送母亲最后一程。那么，二哥算面子，我算里子。

《礼记》中还有一个"守孝三年"之说，它究竟算面子还是算里子？

我想，它既难算得上面子，也难算得上里子。

于面子者而言，守孝三年这个面子太大、太重，戴不起也戴不动；于里子者而言，守孝三年太过迂腐可笑，不屑于遵循（就像阮籍）。所以随着时间发展，守孝三年的命运，只能是被淘汰。

可是，人去世了，总要祭奠缅怀。那有没有一种方式是面子和里子都能接受的呢？

有。孝子们会守孝七天，第八天孝子即可过正常生活，然后孝子会从五七、百日、一周年、二周年、三周年中择其一，举行较为隆重的祭奠缅怀仪式。

所谓隆重，于里子者而言，可能最想做的就是，煮点好肉作为祭品，然后携妻子儿女，来到父母坟前，烧纸、磕头、倾诉，一切在安静中进行。

然于面子者而言，"隆重"便又是另外一种意思，或请乐队，或摆宴席，总之气氛一定要热烈，场面一定要光彩。

以上谈的，都是人去世后的面子和里子。人尚未去世时，也存在有面子和里子。

在《遥远的救世主》一书里，丁元英如此面对父亲的生死：如果父亲被确诊为植物人，就把氧气管子拔了。丁元英哥哥斥责丁元英冷血。这里，丁元英算里子，丁元英哥哥算面子。虽说这只是小说里的情节，但小说都是基于现实而创作的，不可否认，这种问题现实中每天都在上演。

又譬如我母亲走的那天上午，二哥还在坚持要住院治疗，而我则倾向于放弃住院，早点送母亲回老家。这里，二哥算面子，我算里子。

那，究竟面子重要，还是里子重要呢？

四十岁以前，我还没想明白一些事情，故而很厌恶面子，觉得面子虚伪；过了四十岁，我想明白了一些事情，又觉得在某些时候、某些场合，面子和里子同等重要。

不妨仍从电影《一代宗师》说开来。

"人活这一世，有的成了面子，有的成了里子，都是时势使然。"这句台词是形意八卦掌门宫羽田说的。

"一门里，有人当面子，就得有人当里子……"这句台词则是宫羽田的师哥（长期隐姓埋名）丁连山说的。

宫羽田是面子，丁连山是里子。而实际上丁连山的功夫在宫羽田之上，同时丁连山还是宫羽田的师哥，按说掌门应该是丁连山的。

为何丁连山甘愿做里子？

这要从影片并未呈现出来的背景说起。

清末民初，地点东北，宫羽田加入了同盟会，一直支持革命党。张作霖为了剿杀革命党，特意放出一个参与过革命的棋子在大街上闹事挑衅，为了避免棋子泄露更多革命党人的信息，丁连山经与宫羽田商量，决定由自己来当里子，师弟来当面子，由宫羽田代理掌门之位，自己隐匿身份，退出帮会，暗杀棋子。暗杀任务完成后，丁连山逃到佛山，隐姓埋名成了金楼的一名